[日] 江户川乱步 著 钱剑锋 译

The MYSTERY of Detective Novels

侦探小说之"谜"

厦门大学出版社 国家一级出版社
XIAMEN UNIVERSITY PRESS 全国百佳图书出版单位

图书在版编目(CIP)数据

侦探小说之"谜"/（日）江户川乱步著；钱剑锋译.—2 版.—厦门：厦门大学出版社，2021.9
ISBN 978-7-5615-8360-9

Ⅰ.①侦…　Ⅱ.①江…　②钱…　Ⅲ.①侦探小说—小说研究—日本　Ⅳ.①I313.074

中国版本图书馆 CIP 数据核字(2021)第 169189 号

出 版 人	郑文礼
责任编辑	王鹭鹏　朱迪婧
美术指导	李夏凌
装帧设计	张雨秋
技术编辑	朱　楷

出版发行	厦门大学出版社
社　　址	厦门市软件园二期望海路 39 号
邮政编码	361008
总　　机	0592-2181111　0592-2181406(传真)
营销中心	0592-2184458　0592-2181365
网　　址	http://www.xmupress.com
邮　　箱	xmup@xmupress.com
印　　刷	厦门市竞成印刷有限公司

开本	787 mm×1 092 mm　1/32
印张	7.75
字数	118 千字
版次	2021 年 9 月第 2 版
印次	2021 年 9 月第 1 次印刷
定价	52.00 元

厦门大学出版社
微信二维码

厦门大学出版社
微博二维码

本书如有印装质量问题请直接寄承印厂调换

目　录

关于本书的来历 -- 1

第一章　奇特的构思 ------------------------------- 001

第二章　意外的凶手 ------------------------------- 015

第三章　冰制凶器 ---------------------------------- 033

第四章　另类的凶器 ------------------------------- 045

第五章　密室 -- 051

第六章　隐藏 -- 077

第七章　或然率犯罪 ------------------------------- 087

第八章　无脸尸体 ---------------------------------- 095

第九章　变身愿望 ---------------------------------- 105

第十章　离奇的犯罪动机 ------------------------- 115

第十一章　侦探小说中的犯罪心理 ------------- 139

第十二章　暗号的分类 ---------------------- 147

第十三章　魔术与侦探小说 ------------------ 161

第十四章　明治的指纹小说 ------------------ 173

第十五章　早期的法医学书籍和侦探小说 ------- 189

第十六章　惊悚之说 ---------------------- 195

附　录 ------------------------------------ 217

译后记 ------------------------------------ 225

关于本书的来历

　　应社会思想研究会出版部之邀，我从随笔中挑出专门解说侦探小说"诡计"的内容，编成本书。关于"诡计"，我之前曾写过《诡计分类大全》（收录在早川书房版的《续幻影城》中），因为主要是供侦探小说迷们参考所用，所列条目比较专业，并非一般读物。为了便于查阅，本书后面附有该文，不过只是目录，略去了具体内容。同时，将其中部分内容扩写为更加通俗易懂的文章，编入本书之中。此外还增加了内容相近的《魔术与侦探小说》《惊悚之说》等篇目，还有专门为本书写的《密室诡计》（约三十五页稿纸）。

　　《诡计分类大全》中约有八百多种不同的诡计，共分为九大类。这些类别与本书的关系如下所示。为了便于查阅，书末附有该文的目录，敬请参考。

第一，犯人是人类的诡计。

在这一类别中，"一人两角""其他出乎意料的犯人"是最为常见的，本书中的"出乎意料的犯人"和"奇特的构思"就挑出其中最具代表性的内容写成。

第二，犯罪现场和痕迹的诡计。

其中包括（1）密室诡计，（2）脚印诡计，（3）指纹诡计。本书中的密室诡计，就是在（1）的基础上扩写而成。此外，本书中的《明治的指纹小说》与（3）也有所关联。

第三，犯罪时间的诡计。

该类别并未专门进行详细解说，故不纳入本书。

第四，凶器和毒药的诡计。

本书中《冰制凶器》和《奇特的构思》两章就是在此基础上详写而成。而关于毒药，本书并未涉及。

第五，人和物隐藏的诡计。

选取"隐藏诡计"中最具代表性的内容详写而成。

第六，其他各种诡计。

列举了以上五类之外的二十二种不同的诡计。本书中《奇特的构思》（一部分）和《或然率犯罪》，对其中的两三种诡计进行了详细的解说。

第七，暗号法的分类。

原文相对通俗易懂，故原封不动地收入本书。

第八，特殊的动机。

同前项，不过略有删减。

第九，破案的线索。

该项原本就比较薄弱，也没有新的内容，因此没有收入本书。

昭和三十一年（1956 年）五月
江户川乱步

第一章

奇特的构思

　　以前的侦探小说家，尤其是来自英美、盎格鲁－撒克逊系国家的作家们构思出来的诡计非常奇特，犹如魔术一般。

　　昭和二十八年（1953 年），我收集了英美侦探小说史上使用过的八百多种诡计，写成《诡计分类大全》一文。八百多种诡计浓缩在一百五十页左右的稿纸[1] 当中，

1　一页一般为四百字。

对内行人而言，无非也只是索引而已。因此对其中的一部分内容进行了详细的解说，并发表在杂志上，比如《冰制凶器》《无脸尸体》《隐藏的诡计》《或然率犯罪》等。

在此，我将从《诡计分类大全》中挑出那些没有详细解说过的比较奇特的诡计，花一些笔墨进行讲解。所引用的实例都属于早期作品，不过对侦探小说迷而言，自然是了然于胸的。往往在早期的作品中，我们才会看到有趣而独特的诡计，想必普通读者也会感兴趣吧！

一、人以外的凶手

发生凶杀案时，一般都会认为凶手是人。相对于此，有的诡计反其道而行之，将非人类生物设定为凶手，大大出乎读者的意料。侦探小说的鼻祖爱伦·坡开了先河，他在《莫格街凶杀案》中使用了这一诡计。当大家一味地从人群中寻找凶手时，结果却出乎意料，真凶竟然是大猩猩。之后的侦探小说作家们也套用这一手法，力图制造出出其不意的效果来。在他们的笔下，几乎所有的兽类、鸟类和昆虫都曾是凶手。同时也有相反的例子：

当大家认定动物是凶手时，结果真凶却是人类。在此举一奇特的例子加以说明。

马戏团里有一位驯狮人，他负责表演的节目需要把自己的脑袋伸进狮子张开的嘴巴里，非常危险。有一天，当他在观众面前把自己的脑袋伸到狮子嘴巴里之后，不知为何狮子竟然闭上了嘴巴，一口就咬断了他的脖子。驯狮人当场毙命。

如此服帖的狮子竟然会咬死人，实在是匪夷所思。经多方调查，有目击者说：在事情发生之前不久，狮子曾皱着鼻子在笑。狮子竟然会笑！这实在令人感到毛骨悚然。

最终凶手落网了。等道出内情之后，大家反而觉得不够尽兴。原来马戏团成员中有人记恨该驯狮人，他心生妙计欲嫁祸给狮子。他偷偷地在驯狮人的头部撒上喷嚏药，当驯狮人把脑袋伸进狮子嘴巴里时，狮子便打了个喷嚏，就这样把驯狮人的脖子给咬断了。该凶手事前曾做过实验，他把喷嚏药放进过狮子的嘴巴里。这便是目击者看到狮子笑的原因，因为鼻子发痒，它便露出了笑颜。

这是三十年前英国的一则短篇故事，其构思如能运用到日本的"捕物帐"[1]之中,想必会极其精彩吧！当然,说不定早已有人这么做了呢！

在非人类的犯人中,算得上独特的还有人偶手枪杀人的构思。在某个房间内,摆放着一尊等身大的人偶。深夜,睡在该房内的男子被枪杀。门从里面反锁着,也没有人进出的痕迹。经调查发现,人偶右手竟然拿着一把手枪,而且刚发射过一发子弹。由此推断是人偶杀害了该男子。

当然,谜底揭开之后,犯人依然是人。犯人设计了一个机关：从位于人偶正上方的花瓶中,如漏雨一般滴下水滴,而水滴不断击打握着手枪的人偶的右手,几小时后,因木头遇湿膨胀,人偶手指一动便扣响了扳机。

更离奇的是太阳杀人,当然并非中暑。加缪的《局外人》中有因太阳太刺眼而杀人的情节。[2]此处所说的"太阳杀人",并非此类心理性的诡计,而是纯物理性的杀人方法。

1　捕物帐：日本侦探小说的一种。故事一般发生在江户时代（1603—1867）。

2　加缪的小说《局外人》里面有一个情节：当法官在审判中问故事里面的人物莫尔索"为什么要杀人"时,得到的是一个看似没有关联的回答,就是这句"因为太阳太刺眼了"。

在密室内，有人被枪杀，在远离死者的桌子上放着一把猎枪，子弹就是从它那里发射出来的。可是房间内又没有任何人进出的痕迹，猎枪不可能自己发射子弹，该事件实在是匪夷所思。此时名侦探出现了，他说"是太阳和水瓶杀了人"，事件变得更加离奇了。

透过玻璃窗照射进来的阳光，映在书桌的圆形水瓶上，而水瓶反光，刚好聚焦在老式猎枪的点火孔上，于是就射出子弹。美国的侦探作家波斯特和法国的勒布朗曾用过该构思。我在学生时代也曾用该构思写过一个很差的故事，只是着眼点和他俩有所不同，从时间上来讲，比勒布朗的作品早一些，与波斯特的则差不多。

二、两个房间

甲男受乙男之邀，深夜来到位于某大厦一楼乙的办公室。两人在房里喝酒聊天，乙趁甲不备，突然袭击了他，用东西堵住甲的嘴，把他手脚都绑在长椅上。然后拿出一个黑色的箱子，只听得里面传出"滴滴答答"的计时声，原来是一个定时炸弹，将于几点几分爆炸。乙对甲说："今天你会死在这儿。"说完便把黑色的箱子放到长椅下面，然后离开房间。甲十分恐惧，不断挣扎，过不久便失去知觉。原来乙在酒中加了强烈的安眠药。

不知沉睡了多久，当甲突然睁开眼睛醒来时，发现自己依然被绑在原来的房间里。甲猛然想起那定时炸弹，长椅下方依旧传来"滴答"之声。甲看了看挂在墙上的时钟，离爆炸就只差两分钟了。在甲不断的挣扎之中，不知为何绳子竟然松开了。甲慌忙挣脱绳子的束缚，此时离爆炸只有三十秒了。甲飞快地逃离那房间，来到走廊上，发现有一扇门可以通向外面。甲记得再走下三级石阶，便是大路了。只见甲猛地冲向大门，好在门没有上锁。门开了，甲迈步向外面走去，就在那一瞬间，只听得"啊"的一声，甲便坠入无底洞之中。不知何时，竟然挖了这么一个深坑？不，事实并非如此。甲一直以为这里就是一楼，而实际上这里已经变为九楼了。那扇门通往的并非室外，当甲撞开门，便一步踏进电梯井中，甲当场毙命。原来乙在该大厦的九楼布置了一间与一楼自己的办公室一模一样的房间。乙用安眠药迷晕甲，然后将其搬到九楼，捆在与一楼完全一样的长椅上，乙还打开房间对面的电梯门的锁。两个房间,从地毯、壁纸,到椅子、桌子、墙上的画、时钟,所有的一切,都布置得一模一样,这便是该诡计的巧妙之处。甲因不慎失足坠入电梯井中,被判定为意外死亡,犯人没有受到丝毫的怀疑。就算发现一楼和九楼存在着两间完全一样的房间,也依然很难将甲的意外坠亡与之直接关联起来。这是三十多年前的作品,我深感其创意之妙,至今印象深刻。

"两个房间"的构思,到了日后,美国著名侦探小说家卡尔和奎因将其灵活应用,尤其是奎因的构思极其巧妙,将"两个房间"扩大为"两栋楼",一座三层石头房子在一夜之间消失得无影无踪。

三、消失的列车

英国著名的侦探作家曾构思出极其巧妙的诡计。夜晚,一辆长长的运货列车,从甲站开往乙站的过程中,最中间的一节运货车厢消失不见了。离开甲站时明明还在的一节车厢,中途也未曾停车,但是当抵达乙站时,却如烟雾般消失在黑夜中。那节车厢满载昂贵的艺术品，这些连同整节车厢都被盗了。中途未曾停下的列车，其正中间的一节车厢消失不见，从物理学上来说这是不可能发生的。究竟为什么发生这样的事情呢？读者百思不得其解。其中的惊悚、悬疑元素，令读者为之着迷。

作者究竟是如何化不可能为可能的呢？作者构思宏大、缜密，布下了这一魔术般的局。

在甲站和乙站之间人迹罕至的山中，有一条已经废弃的铁路支线，犯人很好地利用了它。犯人只是把那节目标车厢引入支线，并不切断其后的车厢，所以列车还是顺利地抵达乙站。如此烦琐的构思真是令人瞠目结舌，而犯人无疑做到了。

实现这一诡计需要三名同谋。子事先躲在目标车厢里；丑在支线处埋伏等待；寅则等到该车厢驶入支线时，跳上去踩下刹车。

列车出发前，要预先将一条两端带锁扣的粗长绳索藏于车厢内，等其驶出甲站，子便将该绳子两端的锁扣挂在前后两节车厢的挂钩上，绳子则绕在目标车厢的外面，这样便将目标车厢的前后两节车厢连接了起来。当列车即将到达支线附近时,子松开连接前后车厢的挂钩,此时前后两节车厢便只由一根绳索连接着。在埋伏点等待的丑,在车轮越过支线交叉点的刹那,迅速拉下换道闸,使目标车厢驶入支线。接下来在后轮通过交叉点的刹那,又迅速地拉回换道闸。这样一来,只有目标车厢进入支线,而其后的几节车厢由绳索牵引着按原线路行驶。此时等候一旁的寅立即跳上已经驶入支线的目标车厢,拼命地踩下刹车。于是目标运货车厢在即将驶入密林时停了下来。接下来便可以优哉游哉地搬出艺术品了。

还在车上的子,在目标车厢即将驶入支线的瞬间,便跳到前面一节车厢的后部,紧抓住挂钩处的横梯,蜷缩起身子。当列车接近乙站时,随着车速不断下降,依靠绳索相连的后部车厢由于惯性追上前面的车厢,"咣当"一声撞到前车厢尾部,子趁机将两节车厢连在一起,扯下松开的绳索扔在地上,自己也从列车上跳下,捡起绳索逃遁而去。就这样,一节运货车厢在甲站和乙站之间,消失得无影无踪,堪称奇迹。

说到列车的消失,不得不提柯南·道尔,他的构思甚至超越前者。故事讲的是某英国人包租的整辆特快列车，如幽灵一般消失在甲站和乙站之间。

当该列车经过甲站时，乙站便接到电话，等待着它的到来。然而等呀等呀，始终不见列车驶来，而在它后面经过甲站的列车则顺利驶入了乙站。站务人员询问后面的列车司机："前面的列车是否出故障挡了道呀？"司机回答说："没有呀！根本就没看到列车的影子。"就这样一辆列车如蒸发了一般消失得无影无踪。而甲乙站之间没有可供作案的支线。

当谜题解开时人们发现这是一桩多人共谋作案的犯罪，目的是让包租下整辆列车的名人人间蒸发。虽然甲乙站之间现在并无支线，但是过去曾有通往矿山的支线。由于该矿山废弃已久，支线也没再使用。为了避免出错，只是拆除了靠近干线的支线铁轨，而其余的铁轨依然存在。因此，在破案时并没有人将此支线的因素考虑进去。但是犯人正是出其不意，利用了这一点。集众人之力，趁着夜色，从其他地方搬来多根铁轨，迅速地接通通往废矿的支线。另外一位同谋则事先潜入车内，以手枪逼迫司机就范，命其把列车驶入刚铺设好的支线，要求全速前进。同谋和司机在中途跳车逃生，而列车就径直驶向废矿。支线的终点位于一个巨大的竖井之口，列车带着被害人和他的随从，坠入深深的竖井中。附近是寂静的山林，杳无人烟。此外，通往废矿的支线两侧是高高的悬崖，从远处根本看不见行驶的列车。

四、死之伪装

关于"死之伪装"，有好几种独特的诡计。其中之一便是利用职业杀人，并伪装成自杀。

某公寓一室内，发现一具尸体，根据现场判断是本人把手枪放入嘴里开枪自杀的。尸体旁边有一把手枪，并有开过枪的痕迹，而表面只留有死者的指纹。该案件起初被断定是自杀，因为这世上不存在手枪伸入口中而不反抗之人，无论怎么看都不可能是他杀。但是，真相就是他杀。能够把他杀自然地伪装成自杀的唯一职业便是牙医。咽喉科的医生倒也不是做不到，但牙医操作起来是最为方便的。在给自己的仇人看病时，将事先准备好的手枪放入对方口中，然后开枪就可以了。牙科的病人就诊时，一般都是闭着眼、张大嘴巴的，这为作案提供了极大的方便。杀死之后，凶手把尸体搬到另外的无人公寓内，在其身旁丢下沾满被害人指纹的手枪。这是一位不太出名的英国作家的短篇作品。

还有一例，自己明明活着，却伪装成已经死亡，将自己从这个世上抹去。要做到这一点，如果不同时满足各种条件的话，是非常困难的。一个暴风雨的清晨，甲男倒在海边的礁石上。友人见状大为吃惊，赶紧爬上礁石，喊其名字却全无回应。只见甲男脸色苍白、身子瘫软，怎么看都是死了的样子。心想着万一还有可能活着，友人抓起他的右手腕搭脉，发现已全无脉象，便匆匆忙忙地跑去当地居民家里，以便通知医生和警察。而倒在礁石上的甲男，目送友人离开之后，便若无其事地站了起来，消失在现场。后来大家判断甲的尸体被海浪卷走了，就这样，甲将自己从这个世界上抹杀了。

为什么当时毫无脉象呢？这其实是类似于魔术师的诡计。在腋下放一个小球样的东西，夹紧手臂，便会强烈地压迫到腕动脉。这便是脉象消失的真相。犯人便是运用了这一诡计。这是卡尔的短篇作品。

溺亡者漂尸河上，经解剖认定是普通的溺亡，但有时候也有他杀的可能。犯人装了一脸盆的河水放到房间里，接下来把被害人诱骗到房间里，趁其不备把他的头按在脸盆里，过一会儿他就不再动弹了。被害人因河水呛入胃部和肺部窒息而亡。最后犯人把尸体偷偷地扔到河里。这种诡计自古就有，无人不晓，在克劳夫兹的长篇中就采用过这种方法。溺死在小小的脸盆里，够奇特，够巧妙。但是，这只是小说中的情节，现实生活中，除非对方是手无缚鸡之力的病人，否则很难实现。

还有这样的诡计：用遇水就会收缩得很厉害的某种植物纤维织成的布，紧紧缠绕在被害人脖子上。这适用于凶手是医生，被害人碰巧咽喉痛的情况。最好发生在热带地区。或者也可以是在刚好经过热带地区的轮船上。热带特有的暴雨袭来，人们欣喜万分，都在享受着这场暴雨。然而，被害人脖子上的布以极其强大的力量开始收缩，最终他在挣扎中断了气。这故事我在关于犯罪的某随笔上看到过，但并不知道该植物的名字。

（原刊于《大众读物》昭和二十九年十月号）

第二章

意外的凶手

　　侦探小说这一文学样式从出现到如今不过短短的一百一十多年。在这期间，世界各国的侦探作家们各显神通，各出奇招，基本上网罗了人类所能构思出来的奇技淫巧，可以说已经很难再创造出新的诡计来了。

　　二战后，我看了许多欧美的侦探小说。看的时候，我会做笔记，记下出现过的诡计或构思，大约收集了八百多种不同的诡计，在杂志《宝石》（昭和二十八年秋季号）上刊登了《诡计分类大全》一文。粗略而言，犯人采用的诡计大致可分为：作为犯人的不可能性（即意外的犯人）、作案时物理上的不可能性（包含"密室犯罪"，或与脚印、指纹相关的诡计等）、作案时间的不可能性、意外的凶器和毒药、人和物意外的隐藏方法等类别。在此，我想先来谈一谈意外的犯人。

在意外的犯人一类中，最常使用的是"一人两角"。在我所归纳的八百多例中，属于"一人两角"的多达一百三十例，独占鳌头。接下来是"密室犯罪"的八十三例，这两类占据压倒性的多数，十分引人瞩目。

"一人两角"的诡计中，经常会出现被害人就是犯人的情况。

通常在一起杀人事件中，凶手和死者是完全对立的存在，谁也想不到两者竟然是同一个人，毕竟凶手和被害人水火不相容。侦探作家（有时候是现实中的犯人）则反其道而行之，抓住这一盲区，构思出了很多诡计。

从我的分类中挑出"被害人即犯人"一项，具体如下：

（1）犯人伪装成被害人（细分为犯罪前伪装和犯罪后伪装）四十七例

（2）同谋伪装成被害人（当凶手不止一人时，构

思起来比较方便）四例

（3）犯人伪装成被害人中的其中一人（当被害人不止一人时常用，有名的作品有：范·达因的《格林家杀人事件》和奎因的《Y的悲剧》等）六例

（4）犯人和被害人为同一人九例

其中的（4）最匪夷所思。"犯人就是被害人"这样的命题真的能成立吗？

这其中可以分为"偷盗"、"伤害"和"杀人"三部分来进行说明。

首先来看"偷盗"的例子。某城市里的一位一流艺术古董商人，把一颗昂贵的宝石卖给了老主顾。过了不久，因为宝石的底座受损，客人拿上门来要求修理。古董商人收下之后发现该宝石竟然是高仿的赝品。买主是大富翁，当然不可能拿赝品来。他恍然大悟，原来当初卖给客人的时候，这颗宝石就是赝品，只是当时太过大意没发现而已。这是他自己的大过失。于是他想找一颗真的宝石来替换，但是因为这种宝石十分珍稀，没办法找到一模一样的。如果就这样修理一下把赝品原封不动地归还给买主的话，总有一天事情会败露，到那时古董

商人就会名誉扫地。一流的艺术古董商，是无法背上这份耻辱的。

于是，他苦思冥想，想出一计。自己当小偷，从天窗偷偷爬进作坊，偷走那赝品藏了起来。次日一早他马上向警察局报了案。警察赶来调查，因为有小偷进入的明显痕迹，便据此断定是盗窃事件。古董商向买主道了歉，并退还了相当于宝石价格的现金。这笔钱固然是巨大的损失，但是比起名声受损，尚能接受。因为是侦探小说，并不是按事情发展的顺序来写的，采用的是倒叙，这在读者看来非常奇怪。犯人偷了自己的东西，也就是说，被害人和犯人是同一个人。

关于"伤害"，举我自己以前的作品为例。虽然不乏西方的作品，但是不详细说明就无法解释清楚，在此就引用自己的例子算了。这是发生在二战之前某陆军高官府邸中的案件。某夜，小偷溜进无人的书房。当时军官的公子发现之后便赶往漆黑的书房。小偷开枪之后跳窗逃跑了。公子的腿被子弹击中受重伤，虽住院接受治疗，不过还是留下终身的残疾。案发后不久有人从院子的池底发现丢失的东西。

这其实是公子自导自演所策划的一出戏，先将书房内的贵重金属用手帕包好，从窗口扔到池子里，而后假装真的有小偷闯入，开枪打伤自己的脚。只写这些，恐怕各位读者还是不明白公子为啥一定要开枪打伤自己的脚。这要等到明白他的动机才会真相大白，他的动机就是为了避免服兵役。因为父亲是将军，无法堂而皇之地逃避兵役，所以就假装是被小偷所伤，成了瘸子，就能免于兵役，堪称妙计。也就是说，被害人和凶手为同一个人。该故事也是倒叙，不失为具有较强吸引力的解谜故事。

接下来谈谈"杀人"的例子。凶手和被害人为同一个人的诡计，虽然大家都觉得这样毫无可能，不过侦探小说之妙就在于将不可能化为可能。只要有一点灵感，便能想出各种高招来。这里的"灵感"指的就是"自杀"。在"自杀"中，杀人者和被杀者是同一人，由此想出一些妙招来即可。

设定某种情形：有人得了不治之症，医生宣布其死期不远。而他非常痛恨某人，反正自己快要死了，便一直抱着情愿早点死也要报仇雪恨的心态。为了使仇人成为嫌疑人，他自杀的同时，留下许多故意伪造的线索，来伪装是被仇人所杀。这在古今内外的侦探小说中是惯用的诡计。

关于凶手和被害人为同一人的例子，英国有过一篇十分精彩的作品。在英国罗马天主教派的"大主教"这一伟大的职位中，曾出过一位著名的学问家，叫作罗纳德·诺克斯。此人十分喜爱侦探小说，一生写了不少作品，其长篇代表作《陆桥谋杀案》在二战前就已经译成日文，侦探小说迷们也早闻其大名。而在其短篇小说中，也有令人拍案叫绝之作。

得了不治之症，医生宣布其死期不远的男人，为了避免等死的痛苦而绞尽脑汁。该男子为人怯懦，断然没有自杀的勇气。既然无法自行了断，就只有让别人杀了自己一途。既然没有人愿意主动成为杀人犯，那就只能设局让别人杀了自己。

他的想法实在是迂回曲折：他自己先杀死别人，成为凶手，然后依法被判处死刑。（在此说明一下：这虽是反讽小说，却并不显得荒唐滑稽。按上面解释来书写的话，显得有些荒唐滑稽，不过原著是倒叙而写，巧妙地使用了第三人称，读起来是合情合理的。）于是他便想出了一个有些可笑的诡计，想间接地杀死某个不认识的男人。结果不仅杀人未遂，而且警察也丝毫没有怀疑到他身上。他心想看来杀人也不是件容易的事呀！

于是，他又想出更为复杂的计谋。正因为要杀的对象是别人才会导致失败。如果自己一人分饰两角，由其中的一个自己来杀死另外一个自己。成功了的话，自己便会成为犯人。他觉得要自己杀死另外一个自己，这其实并不难。

于是他化身为两个人：一个虚构的人物和一个真实的自己。两人先后进入没有其他乘客的一等车厢内。另外一人（虚构的人物）先进入车厢，然后在谁都没注意到的情况下，从另一个出口离开。接着脱下装束，变回他自己，再一次走进车厢。他两次都特意和乘务员、服务生打了招呼，让他们误以为是两位不同的乘客进了车厢。

当列车达到下一站时，从车厢内走出来的只有他，而另外一人则不见踪影。他撒谎说：在列车行驶过程中，他杀了另外一人，当列车经过长长的铁桥时，把尸体扔到了河里。乘务员和服务生都认为车厢内有两名不同的男乘客，当到站两人都该下车时，发现其中一位消失不见了，只剩下了他一个人。毫无疑问，这样一来，形迹可疑的他自然就成为杀人疑凶。

他将计谋付诸实施，如愿以偿遭到逮捕，接受审判，即将被判死刑。然而就在此时，一心求死的他变得害怕起来，又想方设法地想要活下去。于是，他苦苦恳求律师，道出真相，在律师的辩护下得以无罪释放。当他从法庭回家时，没能躲开从身后撞上来的卡车，当场毙命。这是多么具有讽刺意味的故事呀！在凶手即被害人的事例中，也堪称另类。

上面提到的是意外的犯人中"一人两角"的实例。在我整理的诡计表中，还有一项"一人两角以外的意外犯人"，可以分为以下十种：

侦探是犯人；案件中的法官、警官或狱警是犯人；案件发现者是犯人；案件讲述者是犯人；手无缚鸡之力的幼儿或老人是犯人；残疾人或重病人是犯人；尸体是犯人；人偶是犯人；意外的多人共谋；动物是犯人。

从中挑最有意思的来说吧！侦探是犯人，够别出心裁的，负责破案的侦探竟然是真凶。第一次看到这样的诡计时，真是大吃一惊，不过也体验到了非同寻常的快感。在少年时期，我曾看过三津木春影改编的勒布朗的作品《813之谜》，首次读到这样的故事，真是回味无穷啊。

加斯东·勒鲁的《黄屋奇案》也具有异曲同工之妙。这部作品是在《813之谜》之后看的，虽然已经不是第一次看到这样的设定了，但依然看得津津有味。"侦探是犯人"这一噱头，一旦有人开始使用，模仿者便层出不穷。尽管有时也会抱怨说：怎么又来这一套呀！但使用该诡计的名著仍然不在少数。

最早可以追溯到埃德加·爱伦·坡的《你就是凶手》，真凶虽不是真正意义上的侦探，但确实是始终指挥破案之人，真不愧是爱伦·坡啊！堪称应用该诡计的先驱者。

接下来是伊斯瑞尔·冉威尔的长篇小说《弓区之谜》（1891年出版），要早于《黄屋奇案》（1901年）和《813之谜》（1910年）。冉威尔是一位严肃文学作家，构思巧妙，行文流畅，也是一位古典侦探小说作家，在作品中他娴熟地运用了"侦探是凶手"和"密室杀人"两大诡计。我期待着他的优秀作品能够得到更多人的赏识，二战结束后，在我的力荐之下，该作品终于有了日译本。

继冉威尔、勒鲁和勒布朗之后，英国的菲尔汀、阿加莎·克里斯蒂，美国的兰哈特、奎因等人的长篇以及吉尔伯特·基斯·切斯特顿的两部短篇作品中都反复用到"侦探是犯人"的诡计。而在日本最具代表性的是浜尾四郎的一部长篇小说。

仅次于"侦探是犯人"的诡计是"案件讲述者是犯人"。有人以一副局外人的姿态，用第一人称来讲述故事。读者一般会怀疑故事中出现的某个人是凶手，而断然不会去怀疑讲述者。因为他们确信讲述者是不可能撒谎的，一旦撒了谎，这故事也就不成立了，这是常识。

为了起到出其不意的效果，大约在三十年前，阿加莎·克里斯蒂曾写过一部长篇小说，故事的叙述者就是凶手，这震惊了当时的小说界。在文中，叙述者其实并未撒谎，讲述的都是事实，只是隐瞒关键之处。这样一来，要让叙述者成为犯人，就需要高超的写作技巧，阿加莎·克里斯蒂女士巧妙构思布局，此作堪称她的代表作。

叙述者并未撒谎，只是隐去关键之处，有读者对此并不买账，认为这缺乏公平性而加以指责。之所以会有指责，是因为他们囿于陈规，认定侦探小说是作者和读者之间的解谜游戏。我倒觉得这样的想法太过于狭隘了。如今很多评论家都将此作品列入十佳杰作，由此看来，那些指责是毫无道理的。

"叙述者是犯人"这一诡计，在阿加莎·克里斯蒂之前还有一位先驱者不得不提，即塞缪尔·奥古斯特·杜塞。由于他是瑞典籍的作家，因此欧美读者中知之者甚少。他的代表作《斯默诺博士的日记》出版于1917年，比上文提到的阿加莎·克里斯蒂的作品（1926年）早了将近十年。这部作品很早就传到了日本，这得感谢法医学界的古畑种基博士。古畑博士于德国留学期间，在柏林发现该书的德译本，便寄了一本给好朋友小酒井不木博士。小酒井博士将它译成日语，刊登在大正末年的《新青年》杂志上。

首次使用是创新，后来者都是模仿而已。尽管如此，追随者仍络绎不绝。英国的柏克莱和布莱克，在作品中重现了该诡计。而在日本，横沟正史、高木彬光在长篇代表作中，也使用了该诡计。

接下来令人啧啧称奇的便是"尸体是犯人"的诡计。

死人绝不可能用凶器杀人，而将此不可能化为可能，正可以看出侦探作家的良苦用心。在阿瑟·利斯的《死人手指》中，实际上尸体被当成工具，而凶手另有其人。只是他拥有不在场证据，可以证明凶案发生时他不在现场，所以就演变成了死人杀人的怪事。

凶手把手枪放在死者手里，手指扣在扳机上，到时子弹脱膛而出，正好命中某位守灵人。布置好之后，凶手便离开现场。等到夜深人静，尸体逐渐发僵，手指自然也就变得僵硬，施加在扳机上的压力加大，子弹脱膛而出正好打中那位守灵人。

实际上并不见得会如此顺利，但是这是小说，只要合情合理，读者们还是可以接受的。能否打中目标这暂且不提，打出子弹还是有很大可能的。事实上，范·达因在《狗园谋杀案》中，讲述的便是在现实生活中发生过的事件。

与此相类似的还有"人偶杀人"，因已在《奇特的构思》中谈过，在此不复赘言。

接下来是"出乎意料的多人共谋"，这曾在阿加莎·克里斯蒂的长篇中出现过。一辆行驶的列车上，一名男人遇害，尸体上遍布刀伤，惨不忍睹。对该车厢上的十多名乘客进行盘查，仍无法查明凶手，甚至怀疑凶手是否已经跳车逃走了。当最后案件侦破时，发现原来车厢内的十多名乘客竟然都是凶手。

十多名乘客对该男子都怀有深仇大恨，于是合谋将他杀害，为了互相牵制，每人都刺了一刀，因此尸体才会遍体刀伤。

"动物是犯人"，吸引读者的也是意外性。当警察竭尽全力寻找人类凶手时，竟然意外地发现凶手其实是动物。第一次看爱伦·坡的《莫格街凶杀案》时，想必大家都是惊讶不已吧！那是一桩残忍的杀人案件，同时又是"密室杀人"。警察一味地想从人群中找出穷凶极恶的犯人来，而业余侦探杜邦则因为某一线索，将目光锁定在动物身上，并巧妙地找到凶手，真凶就是出逃在外的大猩猩。

"动物是犯人"的诡计，在那之后并不罕见。仅次于爱伦·坡的杰作当属柯南·道尔的《斑点带子》。被害人口中喊着"斑点带子"气绝身亡，这马上令人想起在附近出没的流浪汉头上绑着的斑点带子，调查也以此为中心展开。事实的真相是：凶手偷偷养了一条毒蛇，深夜将蛇引向躺在床上的被害人身边，将其杀害。在黑暗之中被害人把斑纹蛇误认为是斑点带子。

动物凶手有妖狗、马、狮子（的嘴巴）、牛（角）、独角兽、猫、毒蜘蛛、蜜蜂、蚂蟥、鹦鹉等，多种多样，不一而足。其中最令人叹为观止的当属狮子的嘴巴和鹦鹉。（狮子的嘴巴已在《奇特的构思》中讲过，在此不再重复。）

"鹦鹉是犯人"，讲的是一起盗窃案件，出现在英国作家莫里森的短篇中。密室位于高层，门关着，只留了一点窗缝。就算留有窗缝，不过因其离地几十英尺[1]，人是不可能从窗户进出的。但店内镶着宝石的首饰还是不翼而飞。

原来放在梳妆台上的首饰消失不见，只看到旁边有一根火柴棒，主人对这根火柴棒毫无印象，而它正是破案的关键。事实的真相是：凶手命令一只训练有素的鹦鹉盗取首饰。平时训练时，鹦鹉从窗户飞进高层的房间内，然后每次都会口衔镶嵌宝石之物而归。归程由于鹦

1　一英尺约等于 0.3 米。

鹉口衔首饰，自不必担心它会发出声响或说些什么。而前往的时候，为了防止它发出声音，训练时一定会让它口衔火柴棒而无法开口。当它看到宝石首饰时，便会吐掉火柴棒，口衔宝石首饰而归。

"意外的凶手"中，有一项是"太阳和水瓶杀人"，已在前面《奇特的构思》中讲过，故略去不提。

接下来再讲一下"事件的发现者是犯人"。有人报案说发生了凶杀案，而该报案人其实就是凶手，这样的设定平凡无奇，不值一提。该项中比较有意思的是"发现者是犯人"和"密室"这两大元素的组合，代表性的作品有前面提到过的冉威尔的长篇和切斯特顿的短篇。

清晨，因迟迟不见被害人开门出来，十分担心便前来敲门，唤其名也不闻应答，于是叫来左邻右舍，破门而入。只见被害人倒在床上，看似被锋利的刀具割喉而亡，血流满地。经调查后发现，窗户从里面关得严严实实的，唯一的门也反锁着，如不破门是不得而入的，可谓是完全的密室。而且，房间内凶手也无处藏身，被害人刚身亡，凶手应该是无所遁形的。

经过严密的侦查，发现门窗也没被动过手脚，因此这并不是布置出来的密室，而是真正的密室，也就是说，这是完全不可能的犯罪。

那么作者是如何将不可能转变为可能的呢？说白了这其实就是"快速杀人"的伎俩。真凶就隐藏在破门而入的那一群人之中，他事先在口袋里藏好一把类似剃刀的利器。等破门之后，他便第一个闯进房间，来到床边，用此凶器迅速地割断躺在床上的被害人的喉咙，然后大呼："啊！他被杀了！"随后进来的人，因为被他的身体挡住了视线，所以没有看到他行凶的那一刻。谁也没料到竟有如此快速的杀人手法呀！

那么，听到敲门声，被害人为何不应答呢？被割喉时，又为什么不大喊大叫呢？这是因为凶手是熟人。前一天晚上，凶手将大量的安眠药放到饮料当中，让被害人喝了下去。由此看来，凶手就是第一发现者。

"快速杀人"诡计，还有许多不同的演变版本，其速度之快令人不由得想起日本的剑术和忍者来，他们的动作之快真是令人瞠目结舌。

（原刊于《周刊朝日》昭和三十年十月十日
《推理小说特刊号》）

附　记

在拙作《品鉴英美短篇侦探小说》中，曾提到过擅长书写"快速杀人"的切斯特顿的其他作品，简单介绍如下：

《沃德利失踪案》（The Vanishing of Vaudrey，日译题为"亚瑟卿的失踪"，发表在《新青年》昭和八年五月号上）描写了独一无二的诡计。被害人当时正在村里的理发店里理发，理发店后面是一条河流，理发店同时又售卖香烟。犯人和同伴散步来到店门口时，说是要买香烟，让同伴稍等一下。就在理发师放下剃刀拿香烟的两三秒间，犯人飞速跑进理发室。被害人此时闭着眼睛等理发师回来，犯人趁此机会，用剃刀割断了他的喉咙。而后迅速返回，装出若无其事的样子接过香烟，回到在门口等待的同伴的身边，点上烟继续散步。

其动作之快，可与前面提到的破门而入的第一发现者相媲美。让同伴等一下，去买东西顺道杀个人，这样的想法完全超出常识，实在是出人意料，同时又兼具幽默和恐怖的元素。不过这绝非游戏享乐型的杀人，而是有着明确的杀人动机的。

其实呢，只要理发师冷静下来，就会意识到凶手是谁。但文中设定理发师也曾做过亏心事，又胆小怕事。当他看到客人转瞬之间被杀死，正要报案时，心想这样一来自己一定会被当成疑凶，于是头脑发昏，把尸体（装进了袋子）扔进屋后的河里，尸体随河漂流，在相距很远的地方才被发现。

没人知道被害人曾去过理发店，理发师又三缄其口，凶手又有同伴证明其不在场，此案迟迟未得侦破。布朗看到尸体那刮了一半胡子的脸，才想起理发师来，根据推理指出凶手。

第三章

冰制凶器

　　侦探小说中的谜题越难解就越能吸引读者。在作品中我们经常看到看似不可能却发生了的案件。侦探小说中的犯罪诡计，其实极少在现实中出现。不过，另一方面，正如"现实远比小说离奇"所说，人类的所思所想最终还得由人去实践。仔细查阅国内外的犯罪记录，有时会发现侦探小说作家独创的犯罪诡计，在现实生活中竟有完全相同的案例，真是令人难以置信。从这一点上来说，侦探小说中的想象和现实中的真实犯罪，不能说毫无关系。

二战前，我不怎么看外国的侦探小说，而到了战后，则一直看外国的侦探小说，累积下来数量已经不少了。在阅读的过程中，我会记录下犯人所用的诡计。也曾试着将迄今为止读到的诡计加以分类、归纳，以表格的方式整理出来。从表格里可以看到，诡计总计约八百例，各种类别大致占比如下。

（1）一人两角、替身及其他与人有关的诡计，二百二十五例

（2）犯罪方法（意外的凶器、意外的毒杀方法、利用心理的各种诡计），一百八十九例

（3）与时间有关的诡计（利用交通工具、时钟、音响等），三十九例

（4）罪犯痕迹（除脚印诡计、指纹诡计之外，还包括侦探小说中最常见的密室），一百○六例

（5）与人（含尸体）和物的隐藏之处有关的诡计，一百四十一例

（6）暗号，三十七例

再加以细分的话，可以多达几十项。细分的项目

中最多的是"一人两角"一百三十例，其次是"密室"八十三例，两者遥遥领先。

"一人两角"和"密室"，一旦有人使用过，后来者只能模仿，似乎很难吸引读者，其实不然。它们可以派生出许多更加细化的种类来，有了不同的角度，读者就会感到新鲜，产生新的兴趣。因此，围绕"一人两角"和"密室"，侦探作家们站在不同的角度，创造出未曾有过的新诡计，日积月累，便有了多达一百多例的诡计。

在这些资料的基础上，我写了《诡计分类大全》一文，在此从中挑出一部分加以详细叙述。如（2）犯罪方法中的"意外的凶器"中的"利用冰的诡计"。

水结冰时的膨胀力足以冻裂水缸，犯人利用杠杆和曲线的原理，当夜晚温度下降时，短剑会从天花板上掉落，固定在某处的手枪会自动击发。不过在我二战后收集到的实例中，却完全看不到这样的例子。该诡计的奇妙之处就在于：案件发生的第二天如果天气回暖的话，当尸体被发现时，冰已融化殆尽，谁也想不到冰才是元凶。不过该机关比较复杂难懂，布局也相当困难。在侦探小说中太过复杂的原理和布局往往会抹杀该有的趣味性，所以这类诡计在杰作中难得一见。我只是在某处的引文中，看到过曾有欧美的侦探小说利用水结冰时的膨胀力击发手枪的例子。

比起膨胀力来，利用冰的融化的范围会更广泛些。就一般原理而言，在室内放置一冰块，上面盖上一块板，随着冰块融化，板逐渐下沉，板上如果系着重物的话，就会成为相当大的动力。相反也可以把冰当作重物，随着冰融化，重量减少。根据这些力学原理布置机关，或可以击发手枪，或可以使短剑掉落，或可以吊死因安眠药而处于昏睡之中的被害人。此外，还可以延后尸体被发现的时间。等到发现时，冰已经全部融化，连水都蒸发不见了，不留下任何痕迹，实在是高招，但是这需要复杂的机关和布局，在杰作中也不常见。

"密室"和冰片

虽不能算作直接的凶器，但冰片可作为布置密室时的工具。"密室杀人"，一般情况下，门窗都是反锁的，如同保险箱，是完全密闭的。被害人倒在房间内，人们破门而入，来到犯罪现场，却不见凶手。如幽灵般消失不见的凶手，真是不可思议。正如前面提到的，"密室"这一诡计的种类多达八十多种。其中有一种是这样的：犯人为了布置密室，在走出房间后，通过机关从外部将门反锁或将门闩拴上。这种诡计，细分之下，又不下七八种。其中便有使用冰片的方法，前提条件是门闩必须是金属材料制成的。犯人杀人之后，擦去室内所有的痕迹，先把冰片插到门闩的托架上，然后走出房间来到室外，轻轻地关上门离去便可。随着冰片融化，门闩下落，等到完全融化时，门便关严实了。如果门没有托架，可以在靠近门闩支点的地方，在门和门闩之间从下方插入楔形的冰片，效果也是一样的。也曾有作家用雪来代替冰，将雪块固定在靠近门闩支点的门板上，走出房间关上门，随着雪融化，门闩下落，与冰同理。

冰子弹

　　将冰削成子弹的形状装到弹匣里，快速击发。锋利的冰片进入人体，虽留下弹痕，但即使解剖也找不到子弹，因为冰子弹已经在体内融化了,真可谓是幽灵子弹呀!

　　还有作家更进一步,想出更为合理的诡计:将人血冰冻成子弹状。血液子弹融化后与被害人的血液混在一起,真相愈发难以查明(当然血型相同的血液更加保险)。此外,有作家考虑到冰子弹如果不及时击发的话会融化,所以用岩盐来代替血液。虽说溶解后盐分会留在体内,但人体本身就含有一定的盐分,很难区分彼此。

　　冰子弹并不见得就是近代侦探小说作家的发明。据约翰·迪克森·卡尔记载,古代意大利的美第奇家族中就有用弓箭射出冰片杀人的传说。更早一点,可以追溯到公元一世纪罗马诗人马尔提阿利斯的诗歌中的相关记载。近代侦探小说作家也用过该诡计,这些诡计都与凶器的消失有关。

　　我曾看到过类似的真实杀人事件,不过是偶然发生罢了。记得在卡罗琳·维尔斯的《侦探小说的技巧》(初版)中引用过该事件。夏日的闹市街头,人行道上有人倒地丧命,胸口有弹痕。经调查,附近并无持枪之人。经解剖,令人感到不可思议的是,子弹留在体内而并未贯穿身体,但体内并没发现子弹的踪影。警方百思不得其解，大为苦恼。等真相大白时才发现这其实是一桩由运冰卡车引发的偶然事件：满载冰块的卡车经过街头，一大块冰掉在地上，尾随的卡车经过，车轮压碎冰块，其中一块锋利的冰片如子弹脱膛一般，快速飞向人行道，碰巧击中行人胸部，冰片刺入体内。

冰剑

接下来讲一下冰剑。这方法十分简单，用尖锐的长冰条将人刺死，在冰融化之前，力保尸体不被人发现。到时就算凶手身在现场，因找不到凶器，他完全能够证明自己的清白，而人们一般会认为是凶手将凶器带离现场。

使用冰剑的作品中，一篇由科学家和小说家合著的英国短篇作品十分有意思。故事梗概如下：犯人身患不治之症，余命不长，他想把自杀伪装成他杀，以嫁祸于与自己有仇的朋友。犯人平日里十分喜欢蒸汽浴，是土耳其浴室的常客。一日，只见他走进一间充满蒸汽的密闭浴房，却迟迟不见出来。经查看，发现他因胸部受伤流血而亡。从现场来看，是被人用短剑刺杀的。

他想嫁祸的那位朋友也是浴室的客人，那时恰好在他的房间附近徘徊，朋友无疑成了头号嫌犯。不过，警方搜查凶器短剑却无果，故认为是朋友把凶器藏了起来，于是提起诉讼。此时，名侦探出现，通过对细节的分析，找出事件的真相。

自杀者把尖锐的冰条放在保温瓶中带入蒸汽浴房，然后用此冰剑刺向自己的心脏，当场毙命。众所周知，他有随身携带保温瓶进浴房的习惯，他的理由是：蒸汽浴房内容易口渴，瓶内装着凉水以便随时饮用。因此除了名侦探之外，谁也没有怀疑保温瓶。

如果是在一般的房间，等大冰块融化需要较长的时间，但在蒸汽房内，则非常迅速。融化之后的水混在蒸汽水滴中，不会留下任何痕迹。各种条件兼具的蒸汽浴房和冰剑完美结合在一起，小说的布局巧妙至极。也有作家使用过相似的诡计：雪乡发生了杀人案件，凶器则是尖尖的冰凌。

毒冰

卡特·迪克森（即约翰·迪克森·卡尔）的长篇小说中有这样的故事：把毒药注入冰箱的制冰盒中冻成一格一格的小小的冰块。制作鸡尾酒时，犯人当着被害人的面放入摇杯中，并且自己先喝了一口。此时，毒冰尚未融化，他平安无事。交谈一会之后，摇杯中的毒冰已经完全融化，他再倒在酒杯里让被害人喝下。如果有第三者在场，在他看来，由于犯人事先喝过一口，是可以排除嫌疑的。因此断定是有人事先在酒杯中放了毒药。在日本，我记得也有短篇使用过相同的诡计，好像是去年《宝石》增刊新人作品集中的作品吧！

干冰

曾有日本作家写过这样的小说：利用干冰升华之后成为二氧化碳的原理，盛夏之日，在密闭的小屋内，放置大量干冰。当干冰升华为二氧化碳后，睡梦中的被害人窒息而亡。还有作家想出更为奇特的诡计：用液态空气将人冰冻，然后用锤子击打，被害人便化为齑粉。

花冰杀人及其他

必须提及的还有用内置鲜花的防暑用冰柱杀人的构思。被害人倒在庭院的角落，头部明显可见钝器击打的伤口，致命伤是头盖骨破裂。但是经过严密的调查后发现，凶手行凶时间前后，并没有人靠近过庭院的那个角落。在附近也没有发现与伤口吻合的石块或钝器，实在是蹊跷得很。此时名侦探出场，他注意到掉在尸体旁的夏草之花，好像是插花用的切花。由于正值盛夏酷暑，花已经完全枯萎了。侦探由此花联想到防暑用的花冰。补充一句：该尸体倒在邻居三层洋楼的后面。

如果有人从三楼的窗户朝着被害人的头部，扔下巨大的花冰的话，那么这一切都合情合理了。由于天气炎热，花冰在尸体被发现之前已经融化殆尽，连水分也蒸发无影了，只留下花冰中的那朵花。侦探据此推断，要求调查洋楼的主人，果不其然，就是他从三楼窗户扔下花冰的。

　　除此之外，利用冰杀人的方法还有许多。如，在结冰的湖面上挖一个洞，等到洞口也结上薄冰时，邀请被害人去滑冰，巧妙地引诱他滑到那层薄冰上，造成其因事故死亡的假象。

　　接下来的案例还是发生在雪乡，案件的发生需要特殊的设定：犯人事先知道被害人深夜会蹲在坡下，于是他堆好一个雪人，在其前面插上短剑，并设置好机关，让雪人在被害人蹲下的同一时刻顺坡滑下。他自己则与几位好友在距离较远的地方喝酒，到了预定时间，机关自动开启，雪人顺坡滑下，由于加速度的作用，短剑插入蹲着的被害人的背部。凶器虽留在现场，但没有行凶者的任何痕迹。因为有酒友作证，犯人有充分的不在场证据。雪人撞击后散开，刚好混入坡道旁边高高的雪堆之中。不过为了准确命中，雪人滑下的轨迹要计算得十分精确才行，这实际操作起来十分困难，几无可能。因为是虚构的小说嘛！所以一切都安排得天衣无缝，读者丝毫感觉不到不自然之处。

　　我收集到的冰制凶器诡计大概就这么多。我罗列出来的仅仅是诡计而已，单看起来似乎有些幼稚，不过放到小说中来看还是说得通的。侦探小说作家除了构建起诡计这一骨架之外，还必须充实小说技巧这一血肉，由此产生逼真的感觉来，这绝非易事。如果作者能够娴熟地运用写作技巧，读者就能感受到诡计的合理性而大开眼界。

在真实的犯罪案件中，很少看到上述这些复杂的诡计。就算有也无法像小说中那样顺利进行，犯人越绞尽脑汁越有可能留下线索，会更早露出马脚。在真实的案件中，那些简单随意的犯罪手法反而会给侦破造成极大的困难。但是，也不能说绝对没有上述奇特的作案诡计。如前所述，古代美第奇家族就曾使用冰箭杀人。锐利的冰片飞起偶然刺中行人胸口，被误认为是枪伤。这些例子说明现实生活中并非完全没有这样的事件发生。生活远比小说离奇，从这一点上来说，如果有人对真实的犯罪搜查感兴趣的话，那有必要记住侦探小说作家们异想天开般的想法，说不定今后就能用得上。

（原刊于《犯罪学杂志》昭和二十七年三月复刊号）

第四章

另类的凶器

在讲欧美的案例之前，先来看一下发生在日本江户时代的例子吧！说到另类凶器，我脑海中最先浮现出来的是"宇都宫吊顶"和《八犬传》中的"船虫"。熟睡中的被害人被整块掉落的天花板砸死，这可谓是异想天开的构想，与法国的《吉格玛》和《罗康博尔》的诡计相类似。[1]柯南·道尔的福尔摩斯探案故事集中，有一篇《工程师

----

[1] 吉格玛（Zigomar）与罗康博尔（Rocambole）均为法国系列侦探小说中的著名大盗，并分别有多部同名电影。

大拇指案》，被害人被关在工厂巨大的铁筒中，只见重达几百贯[1]的铁制天花板缓缓掉落，真是恐怖至极。"宇都宫吊顶"与之相比，更是大手笔，更富有戏剧性。

由于小酒井不木在《杀人论》中的引用，我注意到了《八犬传》中"船虫"这一毒妇的故事，小酒井不木在文中的引用如下：

> 自那之后，船虫每夜装扮成站街女在海边拉客。不仅如此，她还抢夺客人身上财物，趁媾和中接吻之际，咬下对方舌头，置人于死地，并弃尸大海。媪内则当起皮条客来，一直站在那里，当船虫一个人应付不过来时便上前帮忙。因谁也没能从她俩的魔爪之下活命，所以事情一直都没有败露。

趁接吻之际咬断对方的舌头，这样的描写多少带点色情的意味，对读者具有很大的吸引力。虽不知咬断舌头是否会致命，但完全可以想象那令人昏死过去的痛楚。在欧美的毒杀方法中，有一种方法是犯人事先将内含毒

1　一贯约等于3.75千克。

药的胶囊放在口中，趁接吻之际送入对方口中。相较之下，咬断对方舌头致其死亡要惨烈得多。

在欧美侦探小说里的另类凶器中，最有意思的是用冰来代替利刃。用锋利的冰片杀人，凶器最终会消失无影而不留下任何证据，从而实现看似不可能的杀人行为。利用冰来杀人的方法不胜枚举。公元前一世纪古罗马诗人马尔提阿利斯的诗篇中就有记载："用尖锐的长长的冰条代替箭，张弓搭射而出。"[1]到了中世纪，前面提到过的意大利美第奇家族中的某位成员，就用此方法杀过人。该诡计的特点就在于作为凶器的冰箭会融化消失。此外，冰的利用方法还有很多，关于这点，已在《冰制凶器》中详细叙述过了，在此不复赘言。除了冰之外，最为奇特的要数"太阳和水瓶杀人"，这也在前面提到过了，在此略过不谈。

从欧美侦探小说中收集到的"另类凶器"有六十多例。这些诡计放在小说中固然可以吸引读者，单独拿出来看，大都索然无趣。我尽量从中挑出那些匪夷所思的诡计来，比如"加速度杀人"，尽管这对于侦探小说迷来说并不稀奇。被害人的钢盔被打破，头盖骨被击碎，死于非命，

1　原文为"公元前一世纪"，经查，应该为公元一世纪。

而尸体旁掉落了一把小小的锤子。就凭这把小小的锤子，要打破钢盔，除非是天生神力的巨人，否则很难做到。乍看之下，这是不可能实现的。真相揭开，原来凶手是从高塔上扔下小锤子的。锤子虽小，但当它拥有了加速度之后，力量就大得惊人。这便是利用加速度杀人的例子。

利用动物杀人的诡计中，也不乏新奇之计。在某部小说中，将狮爪模样的金属绑在棍棒的前端，以此殴打杀害受害人。附近不见狮子的踪影，尸体上却留有狮子的爪痕，真是恐怖至极，几近于怪谈。

行驶的列车上，一名妇人死于非命，死因是被铁杖捅到了头部。仔细检查列车上所有的乘客，却未发现有人携带类似的凶器。正当案件陷入困局时，名侦探出场，找出了这一不可思议的案件的真相。该列车曾与一辆运货列车交汇而过，运货列车的一节车厢中装着一头牛，当牛从车窗探出头时，那妇人刚好也从窗户探出上半身来。虽然车速缓慢，但牛角还是很偶然地捅到了妇人的头部。由于事情发生在深夜时分，其他乘客都在沉睡之中，故而谁也没有觉察到。

有一名男子倒地而亡，警方多方调查，仍未有结果。

此时名侦探出现了。他竟然指出凶器是地球，这凶器真是大得惊人。这是个似非而是的观点，该男子实际上是自窗户坠落而亡，也就是说致命伤是因撞击到坚硬的地面而造成的。要说凶器是地球，的确可算似非而是的观点。而在侦探小说中，这样的写法倒也能吸引读者。

与冰相似，利用玻璃杀人的方法也不在少数。凶手用尖锐的玻璃碎片杀人之后，擦去上面的血迹，然后将其沉入金鱼缸缸底。凶手人在现场，但凶器不见了。而凶手来不及把利刃之类的凶器藏起来。谁也不会注意到沉在金鱼缸缸底的玻璃碎片。

把玻璃研磨成粉，掺在食物中。被害人吃下后，玻璃渣子扎在胃壁上，引起出血，纵然不死，也会受重伤。用此方法杀人的侦探小说并不罕见，虽然玻璃渣子不能算是毒药，但仍可看作粉末类的凶器。

将空气注射进静脉，有时也会致人死亡。在侦探小说中也可看到这样的杀人方法。注入的并非毒药，只是空气便可夺人性命，这一点更令人感到恐惧和战栗。

（原刊于《读切小说集》昭和二十八年十一月增刊）

第五章

密室

一间完全密闭的房间内，所有门窗都反锁着，有人被杀害了。有人觉得不对劲，但因为没有钥匙，只能破门而入。只见地上躺着一具尸体，令人感到奇怪的是房间内并无凶手的身影。房间门窗都是反锁的，犯人也无处可逃。仔细检查天花板、墙壁和地板等，也没发现机关。壁炉的烟囱十分狭小，连婴儿也出不去，换气窗也一样。难不成凶手能化成烟雾消失不见，或者能如同蚯蜟一般，伸缩自如，从门底下的缝隙中钻了出去？

这实在是令人毛骨悚然、不可思议的案件呀！如能合情合理地解开这一看似不可能的谜题，是多么畅快淋漓之事啊！这就是侦探小说中的密室之谜。侦探小说，需要运用智慧和推理，有条不紊地解开看似不可能的谜题，而其中的乐趣便在解谜过程中。最为典型的便是密室事件。侦探小说描述的不可能状况，总让人疑心哪里留有破绽，不可能无懈可击。而密室却像几何学图像一般具体明晰，全无模棱两可之处，能让读者明确地感受到事情的不可能，正是密室事件的特征。因此，历来的侦探小说作家在创作生涯中，都曾写过密室案件，有的作家甚至一辈子只写密室案件。

侦探小说史上，最早涉及密室之不可能性的作品是爱伦·坡的《莫格街凶杀案》，这部作品影响了之后勒鲁的《黄屋奇案》，《黄屋奇案》其实取材于真实的案件。四十多年前，我曾在《斯特兰德杂志》1913年12月号上读到过乔治·西姆斯的叙述，这段叙述现在还贴在我的笔记本上。简言之，这是西姆斯大约一百年前所写的。大概是在十九世纪初吧！有一位姑娘叫罗斯·德拉库，她住在巴黎蒙马特的一所公寓的顶楼，距地六十英尺的一间屋子里。时至中午时分，仍不见其起床。警察破门而入后发现姑娘躺在地上被刺身亡。凶器仍插在胸口，看起来凶手力气很大，刀尖穿透身体直达后背。窗户关得严严实实的，唯一的出入口——门也是反锁着的，钥匙仍插在锁孔里，而且还拴着门闩。剩下可能的通道只有壁炉的烟囱，但察看之后发现太狭小了，根本无法进出。房间内也没有东西被偷。再从私怨方面加以调查，也依然毫无结果。此案日后一直深受犯罪研究者们关注，直至百年后的今天（1913 年）仍未解开谜题。

关于密室的故事，可以一直追溯到极为久远的年代。公元前五世纪希罗多德的《历史》中记载了公元前1200 年左右埃及法老拉姆普西尼托斯的轶事，其中可见密室的雏形。一位建筑师奉王命修建宝库，为了儿子们日后的生计，他偷偷地挖了一条秘密通道，并在遗嘱中告知打开密道的方法，儿子们便从密道潜入宝库，盗取宝藏。公元前二世纪希腊作家波桑尼阿斯，谈到建筑师阿伽墨德斯和特洛波尼欧斯时，也同样写了拥有密道的密室之谜。[1]

更早的例子则见于《圣经·旧约》次经中的《彼勒与大龙》。巴比伦王十分崇拜彼勒这一偶像。在神殿供奉着羊、谷物等，神殿大门是反锁紧闭着的，谁也无法出入。不过就在一夜之间供品不翼而飞，这就是密室之谜。当时大家都认为是彼勒吃了供品，而年轻人但以理则不这么认为，他亲自当侦探揭开了谜题。原来神殿祭坛下面有一条秘密通道，到了深夜，僧侣们便从密道潜入神殿偷走供品。

不论是希罗多德所记载的故事，还是圣经次经中的密室，由于都存在密道，在现在看来，都算不上严格意义上的密室。回过头来看一下爱伦·坡的《莫格街凶杀案》，窗户插销里面是断裂的，这从密室的角度来说也是不公平的。那么严格意义上真正最早的"密室小说"是哪一部呢？柯南·道尔的《斑点带子》（收录在1892年出版的《福尔摩斯的冒险》中）和冉威尔的长篇（1891年出版），两者从出版时间上来看差不太多。比起《斑

1　波桑尼阿斯应是希腊旅行家及地理学家，主要生活在公元二世纪。著有十卷本的《希腊纪行》。此处的"公元前"疑为作者误记。

点带子》，从"密室小说"的角度来说的话，后者更值得一读。该作品在欧美并没有多大的名气，但它的确使用了当时最为难解的密室，可以说它开创了"密室"这一类型的侦探小说，具有先驱的意义，值得重视。

下面我将"密室"分为三大类，分别是：一、行凶时犯人不在密室里；二、行凶时凶手在密室里；三、凶手和被害人都不在密室里。再细分的话，还可分为以下小项。

欧美作家尝试进行密室分类的，据我所知有两例。一例是卡尔《三口棺材》中的"密室讲义"；另一例在克莱顿·劳森《死亡飞出大礼帽》（现在还没有日文译本）中的"别问我"一章里。在后面一部作品中，魔术师侦探马里尼虽然利用了《三口棺材》主人公菲尔博士的"密室讲义"，但与卡尔的分类还是有所不同。两者大致上都把密室分为两大类：甲、真正的密室，犯人不可能逃脱，因此凶手行凶时人并不在密室内；乙、不完全的密室，凶手行凶后逃脱，再布置成密室。菲尔博士又将甲类分为七小项，乙类分为五小项。相应的，马里尼将甲类分为九小项，乙类分为五小项，此外还增加了丙大类。

我的分类，参考了他们的方法，但在归纳整理时仍有所不同，还增加了一些上述两种分类中都没有提到的类别。在此，为了方便对照，我在各类别后面加括号进行标注，如"菲甲一""马乙二"。菲是菲尔博士的分类法，而马则是马里尼的分类法。甲、乙是大类，一、二表示小项。

一、行凶时凶手不在室内

（一）室内布置机关等装置（菲甲三）（马甲四）

＊ 拿起电话听筒，子弹就会从话筒里发射出来。

＊ 电话听筒带强电流，一拿起就会触电而亡。

＊ 墙洞里装有手枪，盖子打开就会击发。

＊ 拧座钟或挂钟的发条，子弹便会从里面发射出来。

＊ 高高的天花板上用线悬挂着一把重重的短剑，线沿着墙壁垂下。当被害人走进房间反锁好门后，走几步就会绊到线，线断短剑落到被害人身上。

＊ 天花板上吊着重重的花盆，事先用绳子把花盆固定在一边，当被害人碰到绳子时，花盆便变成一个摆锤，击中被害人的头部。

　　* 床上装有毒气喷发装置，将熟睡之人杀死。

　　* 利用结冰或冰融化时的重量变化，以及铁丝等机关装置，击发固定在墙上的手枪。

　　* 化学药品的定时爆炸。

　　* 利用时钟和电流制作定时炸弹，引发火灾。

　　以上这些均可在著名作家的作品中找到实例，不过机关都是用机械原理，难免有些简单。

　　（二）室外远距离杀人（窗户开着小缝，但房间在三楼以上，无法通过窗户进出，或密室留有一定缝隙）（菲甲六）（马甲六）

　　* 把没有护手的短剑装入枪膛，然后从对面楼房发射。

　　* 用岩盐制成子弹穿过窗缝击中被害人，岩盐在其体内融化。

　　* 从楼上的窗口垂下一条前端为绳套的绳子，当被害人将头伸出窗外时，套住他的脖子将他吊起来绞死，然后顺势把尸体从后窗放到地面，同谋再把尸体吊在树林里的树枝上，伪装成上吊自杀的假象。

　　* 用手枪杀死被害人后，从窗户把手枪扔进室内。

事先在被害人的衣服上留下硝烟痕迹，造成在室内开枪的假象。

（下面提到的是有窗户或缝隙的密室位于一楼的情况。）趁夜色利用两块窗帘布之间的缝隙，用伸缩钳（呈∞∞∞的形状）夹起桌子上的凶器，换成别的凶器，借此消灭证据。

　＊　在毒箭尾部系上一根丝线，从窗缝射入杀死被害人之后，用丝线把毒箭拉出来。

此外，还有些诡计单凭三言两语是无法说清楚的，下面举一个最有名的例子。

　＊　密室内，被害人身中毒箭而亡。室内找不到任何缝隙，通风口用细铁丝网封得严严实实的，窗玻璃和门镜都没有被动过手脚的痕迹。尽管如此，名侦探仍旧断言"房间里有一个方形的窗口"。警方思来想去，就是找不到方形窗口的所在。但依侦探所言，西式房间一定会有这么一个方形窗口。那这究竟是怎么回事呢？——谜底揭晓，原来是门把手。圆形门把手的金属轴是一根方形棍子，插孔也是方形的，门后的方形插孔本身是可以转动的。圆形把手部分就嵌在方形棍子上，

用螺丝加以固定。首先用螺丝刀旋下门把手的螺丝，只留下轴棒。然后在轴棒上系一根细铁丝，将它捅到房间内。因为连着细铁丝，轴棒没有落到地板上，而是悬在半空中。此时，方形小孔就呈现在眼前了，这就是所谓的"方形窗口"。当凶手看到被害人走过来离门不远时，就用弓箭从方形小孔中射出一支小小的毒箭。杀死被害人后，再轻轻地拉动细铁丝，使轴棒回归原位，用螺丝固定好门把手，擦去指纹便可。

有一位美国少年作家曾对此进行挑战。他认为利用"方形窗口"虽然十分巧妙，但房门上存在着更简单的盲点。假设有两间房，男子一个人坐在里屋。两个房间之间的门是敞开着的，门刚好与墙成直角。里屋除了这扇门之外，别无其他缝隙。外屋的窗户朝走廊敞开着，也有门可通向外面，处于完全开放的状态。外屋窗前的椅子上坐着一个女人。在这样的前提下，女人突然听到一声枪响，里屋的男子被枪杀了。而当时能够枪杀他的除了外屋的女人之外，别无他人。虽有嫌疑，但她并非凶手，因为根本就找不到凶器——手枪。案件的真相如下：里屋的门使用了新型大合页，当门与墙成直角时，

在合页处就会出现宽约一寸的长缝。真凶是一名射击高
手，他从窗户外开枪射击，子弹穿过那道缝隙命中被害
人。而女人因为背对着窗，完全察觉不到事情的发生。

（三）虽非自杀，但被害人死于自己之手（菲甲二）
（马甲三）

＊ 治疗蛀牙时，补牙之后牙龈仍会出血。牙医利
用这一点，将箭毒马鞍子混入放止痛药的小瓶里，吩咐
患者到了晚上要吃止痛药。这种毒药，不与血液混合的
话就无法产生效果。被害人在密室内服下毒药，毒素经
由出血部位进入血管，致使被害人毒发身亡。凶手混在
发现尸体的人群中，抢先进入房间藏起小药瓶。

＊ 凶手先给被害人讲一些怪谈类的故事，造成他
心理上的恐惧。或者从室外投放毒气，使被害人神经错
乱，头撞家具或用自带的凶器"自杀"。（参见菲尔博士
"密室讲义"中的例子。）

（四）密室内伪装成他杀的自杀（菲甲四）（马甲二）

＊ 参见《冰制凶器》中"冰剑"一节。如在密室
内发生，便可算作这一类。

＊ 横沟正史的《本阵杀人事件》也属此类。

（五）伪装成自杀的他杀（菲、马中均无此类）

有一位修行者把自己关在体育馆内，闭关进行断食修行。过了数日也不见他出关，由于门是反锁的，大家只能破门而入。结果发现他躺在床上已经饿死了。床边的柜子上明明摆放着丰富多样的食物，看起来他完全没有吃过。真令人不得不佩服他强大的意志力呀！实际上他是被人杀害的。他有一份保额巨大的生命保险，受益人是他的四位印度弟子。四位弟子为了早些获得保险金，用非常独特的方法杀死师傅。他们首先让师傅在室内吃下安眠药，趁其熟睡之际，准备好四条前端带钩的长绳。然后爬上体育馆那高高的屋顶，屋顶上有一天窗，人虽然无法由此自由进出，但是手可以伸进用于透气的横栅栏之间。四人各自拿一条带钩的长绳，通过这缝隙垂到室内。然后用钩子钩住师傅所躺床的四只脚，合力将床拉到天花板附近，再把绳子系在天窗的栅栏上。床悬在空中，四人爬下屋顶离去。体育馆的天花板非常之高，再加上修行者有恐高症，即使从沉睡中醒过来，也没有勇气跳下去，只能眼巴巴地看着柜子上的各种食物徒叹无奈。数日之后，四个恶魔再次爬上屋顶，确认师傅饿

死之后再解开绳子，慢慢地把床放回原处。然后就破门
而入，假装发现了师傅之死。故事太过离奇，听起来有
些匪夷所思,这就是《陆桥谋杀案》和《侦探小说十诫》
作者诺克斯的作品，曾入选过三本不同的精选集。

　　＊　前面已经提及，从楼上窗口放下绳套将人绞杀，
然后将尸体搬到树林中吊在树上，伪造成自杀的假象。
从某种角度来说也属于此类。

　　（六）室内非人类的犯人（菲甲六的文中）（马甲五）

　　爱伦·坡《莫格街凶杀案》中的大猩猩，柯南·道
尔《斑点带子》中的毒蛇，还有前面提到过的盗取宝石
的鹦鹉等等。(后面两例属于窗户半开或有缝隙的密室。)
最令人叹为观止的当属《奇特的构思》中提到的"太阳
和水瓶杀人"。可以说是波斯特或在下开创了这一诡计
的先河。

二、行凶时凶手在室内

　　（一）门、窗或屋顶的机关

　　这些诡计在早期的侦探小说中屡见不鲜。大正时代,

我看到过杰金斯一篇非常有意思的作品。凶手走出房间后，利用镊子和丝线转动插在门后钥匙孔里的钥匙，从外面将门反锁。在那之后，以范·达因为首的许多作家想出了该诡计的诸多变形。不过该诡计已显陈旧，谁也不会再使用了。

1. 门的机关

窗户的机关只是对门的机关的化用，后面进行简单的说明就可以了。门的机关指的是凶手杀人之后把尸体留在室内，而自己在外面，此时需要将门反锁，也就是人在室外将门反锁的各种方法。这样一来，凶手看起来是无法逃出房间的，因此形成不可思议的密室疑案。

这需要三个条件：一是首先要向读者申明只有一把钥匙，凶手也没有时间去配另一把钥匙。二是西式门里外都有锁孔，里外都已上锁。三是西式门底与地板之间一定有一条缝隙。这三者是这里说的诡计成立的前提条件。

锁门的方式，有用钥匙、插销、门闩三种，侦探小说家为其设计不同的诡计。

（1）钥匙（菲乙一）（马乙一）（参见图一）

* 凶手走出房间之前，先把钥匙插入门后的钥匙孔内，在钥匙后端圆环中插上一根长筷子之类的东西，长筷子另一端系着一条结实的丝线，丝线下垂，经由门和地板之间的缝隙拉到门外。凶手走出房间关上门后，在

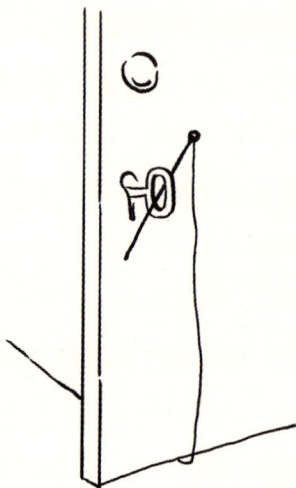

图一

走廊拉拽丝线，长筷子转动起来，门就反锁上了。长筷子自然掉落在地，此时用丝线将它拉出即可，凶手将其装入口袋扬长而去。当然不见得非用长筷子不可，金属棒之类也是可行的。竹棍、木棍重量不足，有可能无法顺利掉落。如果钥匙后部没有圆环，则可以使用镊子。用镊子夹紧钥匙平坦的尾端，也可以起到相同的效果。只是拉拽时需要更大的力量。

* 当读者看到小说里的这些方法时，都会觉得津津有味，但现实中没必要这么麻烦，只要准备好薄铁片

做成的镊子状工具，前端薄而不尖，内侧刻有防滑用的齿纹。凶手先将钥匙从门内侧插入锁孔内，等走出房间关上门后，把该工具的前端轻轻插入外面的锁孔，慢慢摸索找到并夹住插在门内锁孔里的钥匙的前端，转动工具，便可将门反锁。该方法在小说中会显得平淡无奇，但在现实生活中却是十分实用的。美国的罪犯无人不知，并称其为 oustiti。

（2）　插销（菲乙三）（马乙一）（参见图二）

用镊子夹住插销的尾端，要夹得紧些。同时在镊子的尾部系上一条长丝线，然后在插销运动方向的墙壁上钉上一根大头针，作为支点。将系在镊子上的丝线搭在大头针上，向下自然垂落，并经由门下缝隙拉出门外。拉动丝线就能顺利

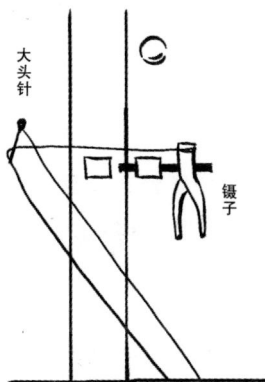

图二

插上插销，再用力拉拽的话，镊子就会掉落在地。最后再用丝线把它从缝隙中拉出来就可以了，但是这样一来，留在墙上的大头针又得另外系上丝线，等完事后再将其

拉出。此外还有很多方法，也都运用该原理。

(3) 门闩（菲乙四）（马乙一）（参见图三）

* 门板上有闩，门框上
有托架，有时则相反。当门闩
落到托架上，门便关上了。为
了不让门闩落到托架上，可以
这么做：只要把门闩稍稍往上
提，在它的尾端和门板之间，
放上一个木制的或者纸做的楔
子就可以了。然后把丝线系在
楔子上，经由门底缝隙拉到室外。拉拽丝线就可以把楔
子拉出室外，没有了楔子，门闩自然就落到托架上。

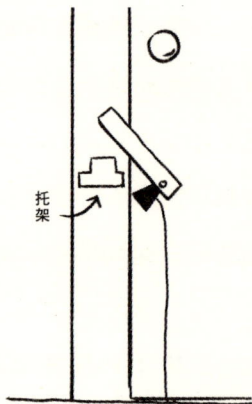

* 有时，楔子可以用蜡烛或冰来做。冰楔在《冰
制凶器》的"密室和冰片"中已经有过详细的叙述，在
此不复赘言。在托架和门闩之间放上点燃的蜡烛，当蜡
烛燃烧殆尽时，门闩自然落下，不过这样蜡会留在现场，
很容易暴露。

* 此外，还有一位作家曾使用过磁铁。在门外侧
贴上一块具有强劲吸力的磁铁，以此来移动门闩，这似

乎缺乏匠心，不太吸引人。

（4）　日本的拧旋锁[1]

以上均为西式门的机关，在日本，格子门、玻璃窗大多使用螺纹锁，小偷们便据此发明了从外面开锁的方法。把锯齿紧密的薄锯片插入门扇之间的缝隙，锯齿放在螺丝锁的螺丝上，不断地往松螺丝的方向拉锯，就能成功开锁。我这么写，或许会有人说是在教唆小偷，但是这方法在小偷中已是常识，就算现在不说出来，也是人尽皆知的。而被害人一般都没有这方面的相关知识，告诉他们岂不是很有意义的事情吗？日本的小偷一般不会去布置密室，不过把它用在密室之谜上，也不失为一种诡计吧！

（5）　卸合页（菲乙二）（马乙二）

卡尔曾说，在欧美，孩子们为了从上锁的柜子里偷吃糕点，经常使用这种方法。不用开锁，只要用螺丝刀旋开合页，打开柜子就可以拿东西了，然后将合页复位便是。该诡计的妙处在于，不是开锁而是用其他的方法打开柜子。但合页如果没装在外面的话，就很难实现了。自冉威尔之后不时就有作家使用该诡计。

- -

1　为统一起见，该小标题为译者所加。

（6） 利用错觉迅速作案的诡计（菲乙五）（马乙五）

＊ 凶手带上钥匙走出房间，关门上锁，钥匙放进口袋，然后混在人群中。等破门而入后，大家都会直接奔向死者，此时凶手趁机将钥匙偷偷地插到门后锁孔内便可。警察一般都是在调查完尸体之后才会调查门窗，就会深信门是反锁的。

＊ 如果门上方的换气窗可以自由开关的话，就不必如此麻烦了。经由换气窗（或者门底的缝隙足够大的话，也可以从那里）将钥匙扔进室内，也可达到目的。但比起钥匙插在门后锁孔内来，其说服力明显就要弱些。

（7） 两把钥匙（菲、马中均无此类）

准备两把一模一样的钥匙，一把插在门后锁孔内，凶手走出房间关上门后，再将另一把钥匙插入外面的锁孔内。此时，门后锁孔内的钥匙就会掉落在室内地板上，再从外面锁上门，如此一来，就形成了密室。但这样的方法与前面提到的利用换气窗的方法，并无多大不同。

2. 窗的机关

＊ 自《莫格街凶杀案》之后，关于窗的诡计层出不穷。（该作品中的窗户插销已经折断，实际上无论是

谁都可以进出，因此作为密室多少有些牵强。）日本的窗户大都采用螺纹锁，西式可以上下滑动的窗户使用的则是类似于门闩的卡扣。如果能从外面拴上里面的卡扣，也会构成密室。窗户不像门那样下面有缝隙，但只需玻璃上有孔就行，通过小孔将丝线或铁丝垂到室外，接下来的步骤就和门一样了。

　　＊　记得在一部作品中，凶手为了在玻璃上打孔，竟然使用手枪。虽然这么做会被怀疑凶器就是手枪，但好在射击时间与作案时间有很大的出入，案情愈发扑朔迷离，故事更具吸引力。为了制造密室，大费周章、大张旗鼓地使用手枪，真是够矛盾的。（菲、马的分类中均无此类。）

　　＊　不使用丝线或铁丝的方法（马乙三）（菲的分类中无此类）。卸下一块玻璃，伸手进去搭上卡扣，再把玻璃镶回去，重新刷上腻子。不过由于腻子是刚刷上去的，很容易暴露。

　　3. 抬起屋顶（菲、马中均无此类）

　　＊　当诡计即将穷尽时，作家的想法便会走向极端。门窗那实在是太小儿科了。是否可以将整个屋顶抬起

呢？这真是无所不用其极呀！三四年前，在奎因主编的推理杂志[1]举办的比赛中获奖的作品《第51号密室》就使用了这个方法。凶手用千斤顶抬起门窗紧闭的密室屋顶的一角，从缝隙中钻了进去，完事后再将屋顶复原。这一诡计有时候因受限于屋顶的结构，无法实现。有时候又无法完美复原屋顶。屋顶往往是搜查的盲区，倒不必太过担心。前面说到门的诡计时，有一种便是不理会锁和钥匙，而直接卸下合页，拆除整扇门的方法，抬起屋顶无疑就是这一方法的加强版，其智慧真是出乎意料。

＊ 有一位日本作家的想法更为激进。抬起的并不只屋顶的一角，而是整个屋顶。凶手利用挂在粗壮树枝上的钳子和绳索抬起简易房的整个屋顶，如同掀开盖子一般，然后自由出入作案。真是奇思妙想啊！这样一来，就无法按一本正经的路数写小说了，如果不用切斯特顿的幽默风格来处理的话，就会显得太离谱。

＊ 不得不感叹天外有天呀！两三年前，听双叶十三郎说起，有一位美国作家想出了更加离奇的诡计。凶

---

1 即《埃勒里·奎因推理杂志》（*EQMM*），由合用埃勒里·奎因这一笔名的弗雷德里克·丹奈与曼弗雷德·李创刊于 1941 年，至今仍是全世界最专业的推理杂志之一。

手在野外杀人之后，迅速地在尸体的位置盖起一间小屋，这样一来也就成了密室杀人了。简易小屋倒是可以在一夜之间建成，并非不可能。不过这真算得上异想天开了。

（二）延后作案时间

1. 伪造声音（菲、马的分类中均无此类）

＊　凶手杀人之后，利用前面的诡计将现场布置成密室后离开。当第三者经过门前时，听到里面有被害人说话的声音。这位第三者就成了被害人那时还活着的证人。而同一时间，凶手则和朋友在一起，这是他的不在场证据。因此，除了密室之外，还有当时被害人还活着的证词，再加上那时凶手和朋友在一起，没有到过现场，其不在场证明十分明显。事情的真相是这样的：凶手事先诱骗被害人用录音机录下一段话，行凶之后设好机关，使录音机在某个时间点开始播放。

＊　枪杀案中，凶手行凶时使用的是无声手枪。然后在壁炉中放置导火线很长的爆竹。当凶手在其他地方和第三者聊天时，爆竹声突然响起。爆竹声响的时间被认为是案发时间，而真凶因拥有完美的不在场证据而免受怀疑。

＊　用钝器殴打杀人，行凶过后很久才听到密室内有东

西掉落倒塌的声音，而声音响起的时间被认定是案发时间。

　　＊　凶手如果会腹语术，可以在布置完密室后，在门外等第三者经过。那时用腹语术模仿被害人的声音，听起来像是从房间内传出来似的，以此来证明被害人当时还活着。

　　2. 视觉欺骗（菲、马的分类中均无此类）

　　＊　前面讲到听觉欺骗，接下来讲一讲视觉欺骗。晚上，靠在书桌上被枪杀的死者的影子映照在二楼的窗帘上。院子里正在燃放烟花，大家都可以看见那景象。凶手设法不让自己的影子映在窗帘上，同时不断地改变着尸体的朝向，伪装成其还活着的假象，以期延后作案时间。再加上又是密室，所以就有了确凿的不在场证据。依靠视觉的诡计还有很多，不过大多过于简单，不值一提，当然原理上都是大同小异的。

　　3. "一人两角"和密室相结合（菲甲五是该诡计的变形）（马甲七）

　　凶手或同谋在行凶之后，化装成被害人出现在众人面前，制造完美的不在场证据。

　　4. 此类诡计中最为杰出的当属勒鲁的《黄屋奇案》。（菲甲一）

深爱凶手的女人，在卧室遭到凶手的殴打而身负重伤，女人为了包庇凶手，把重伤的自己反锁在卧室里。过了不久她睡着了，后来又因做噩梦从床上滚落下来，声响惊动了门外之人，众人赶紧敲门却无人应答。大家只好破门而入，只见女人倒在地上已经失去知觉。察看之下发现她竟有严重的殴打伤，这绝不是从床上掉落而造成的伤。但女人绝不会告诉大家自己遭到凶手的殴打。大家以为发出声音时，凶手还在房间内，趁大家破门而入之际，凶手才得以逃出房间。这便出现匪夷所思的密室案件。我这么写大家可能体会不到精彩之处，但在所有的密室题材中，《黄屋奇案》利用心理盲点，堪称杰作之一。

（三）案发时间提前（马甲八）（菲的分类中无此类）

密室中的迅速杀人，这在前面《意外的凶手》的"发现者是犯人"中有过详细叙述，在此不再重复。

（四）最简单的密室（马丙）

马里尼提到菲尔博士"密室讲义"没有讲到这一项，于是在甲、乙之外另设了丙项。作家使用起来得心应手的诡计，其实简单得很，只能骗骗小孩子罢了。凶手行凶后并不离开房间，而是等待门被打开的那一刻。门一打开，躲在门后的凶手趁大家冲向尸体之际，顺利逃出房间。这方法看似很蠢笨，在现实中却出乎意料的实用。

（五）火车与轮船的密室

行驶中的火车，航行中的轮船，已与外部隔绝，其实本身就是密室。尤其是欧美的火车包厢，是绝佳的密室，在小说中经常出现。飞机也一样，不过相对要困难许多，迄今我还没看到过把飞机布置成密室的作品。这些只是场所不同而已，原理是相同的。

三、行凶时，被害人不在室内
（菲甲无编号）（马甲九）

密室案件中，被害人不在房间内，这听起来简直不可思议。

＊ 把在其他地方杀死的被害人转移到房间内，制造密室。

＊ 被害人身受重伤，自己从其他地方进入房间，因某种原因将门反锁后死亡。其目的是包庇凶手，或者是害怕凶手会尾随跟踪而来。因为被害人已经死亡，个中详情不得而知，案件很难侦破。再加上被害人死在密室内，一般都会认为是凶手布置的密室，案情就会愈发

扑朔迷离。就连熟知密室诡计的人，也会被瞒骗过去。这是反其道而行之的例子。

※ 还有一例也可归入这一项。将在室外杀害的被害人，从高高的窗户抛入布置成密室的美术室，伪装成在室内被杀害的假象。抛掷尸体，真够独特的！

四、逃离密室

这有两种情况。

※ 一种是楼房高层的密室开着窗，凶手作案后，用走钢索的方式或其他杂技从高窗逃出。（马乙四）（菲的分类中无此类）

※ 另一种是越狱。（菲、马的分类中均无此类）这其实是逃离密室，而非制造密室。不过还是归在这类比较妥当。现实中不乏巧妙的越狱方法。用怀表齿轮上的锯齿，极其耐心地磨窗户的铁栅栏以期越狱。或一点一点地积攒劳动时用的布或纸，搓成一根长绳，从高窗垂下，顺着绳子爬下而越狱。这些都很有意思，但与侦探小说中的诡计还是有所不同。美国的大魔术师哈里·胡

迪尼，经常在世界各地表演，或从各国的监狱逃脱，或从密闭的保险库中逃脱。这些当然也用到了诡计，但能用在侦探小说中的却不多。胡迪尼在自传中曝光了许多魔术的真相，很有意思。

　＊　侦探小说中最著名的越狱当属勒布朗的《亚森·罗宾越狱》、福翠尔的《逃出十三号牢房》、劳森的《断项之案》等。罗宾被关在单人牢房里，长期诈病卧床不起，在这期间他成功易容。等出庭受审时，大家都以为他只是个替身，故而将其释放。

　＊　福翠尔作品中的主人公是一名学者侦探，为了检验自己的实力故意犯罪入狱。牢房内有老鼠出没，通过老鼠他找到废弃的旧下水管道。然后他耐心地驯服老鼠，把从衬衣上拆解下来的线绑在老鼠的脚上，驱赶它们进入下水管道，以此与外界取得联系。最终，从外界获得足以熔断窗户铁栅栏的小瓶硝酸。这些诡计真是妙不可言。《断项之案》不久后将会译成日文，其中的诡计也不是三言两语可以说明白的，我就此打住。

（昭和三十一年五月 专为本书所写）

第六章

隐藏

　　"好了没?""还没呢!"捉迷藏的乐趣在于机智和刺激性。记得小时候,名古屋地区有一种游戏,叫作"藏垃圾"。一个孩子在地上画好四方的区域,然后把指定的垃圾,如火柴等小棍子、稻草或小石头,埋在该区域的泥土中,其他孩子负责把它们找出来,这是捉迷藏的迷你版。小时候的我深深地沉浸在这游戏带来的愉悦之中。

　　青年时代,我和朋友两人,身无分文又百无聊赖之时，想出"藏垃圾"的成人版游戏，兴致勃勃地玩个不停。我和朋友轮流充当隐藏者的角色。比如说把一张名片藏到书桌上。书桌杂乱无章，散陈着书本、砚台、香烟、烟灰缸等东西。这无异于把一张名片藏于书桌这一丛林之中。当时大家常抽的是朝日牌或敷岛牌的带烟嘴的香烟，烟嘴部分的芯是厚厚的纸片，抽出这张厚纸，将名片卷起来取而代之。也可以涂黑名片的某一面，然后贴在黑色盆子的底部。我们经常玩这种游戏来打发整日的无聊时光。

侦探小说也经常使用这种隐藏的诡计。犯人藏，侦探找。最典型的例子便是爱伦·坡的《失窃的信》，利用惯性思维的漏洞，不是将信隐藏起来，而是故意呈现在众人眼皮底下。切斯特顿也曾将诡计应用于藏人，写了《隐身人》。利用邮递员这一职业，就算犯人在眼前也无法识破。奎因在长篇小说《X的悲剧》中也使用了该诡计，乘务员或渡轮的检票员，利用自己职业的优势隐藏犯人的身份。犯人明明时常出现在面前，却察觉不到。

一般情况下，隐藏多为隐瞒某事，当然也不乏藏物、藏人的经典例子。所藏之物多为宝石、黄金、书籍等，我查看了一下"诡计表"，关于宝石的隐藏之处，最为极端的例子是犯人将宝石藏在自己的伤口里，还有让鹅吞下或犯人自己吞下。常见的隐藏之处是肥皂、润肤乳、口香糖中，或是把项链挂在圣诞树的闪亮吊饰中等等，不一而足。

吞下宝石后从排泄物中找回，或女人将其藏在私密之处，这些方法在小说中不足为奇。为了把小物品藏起来，犯人故意在自己身上弄出伤口，或扩大伤口，犯人强忍巨大痛楚的同时，却给读者带来奇妙的刺激。在我的记录中，除了比斯顿的《麦纳斯的夜明珠》之外，还有一些例子。如歌舞伎《鲜血淋漓》，讲述熊熊燃烧的仓库里，忠臣为了保护主人家代代相传的画轴，不惜剖腹把它藏于体内。这构思虽不是出于隐藏的目的，但足够刺激，堪称极致之作。

令人难忘的还有柯南·道尔的《六座拿破仑半身像》。六尊一模一样的石膏像，其中一尊中藏有宝石，具体是哪一尊却不得而知。柯南·道尔的另一篇《蓝宝石奇案》，则是让鹅吞下宝石，具体是哪一只鹅也无从知晓。阿瑟·莫里森的长篇《绿色钻石》也使用了相同的诡计。

关于藏金币的诡计，最奇特的当属罗伯特·巴尔的一部短篇。守财奴老人积累了庞大的金币。在他死后，人们仔细搜查却找不到任何金币。掀开天花板、地板都不见其踪迹，地下也没有。其实呢，金币一直都在人们的眼前。老人生前曾经购置过火炉、风箱、铁砧等，好像冶炼过什么东西。他先将金币高温熔化，制成薄如蝉翼的金箔，贴遍了整个家的墙壁，再在外面贴上普通的墙纸进行遮掩。金币制成金箔，贴遍整个屋子，真是出人意料的方法呀！

卡尔的短篇作品中也有关于隐藏凶器的新奇方法。有人被锋利的短剑杀死于密室之中。由于是密室，凶器绝对无法带出去。但是搜遍各个角落仍不见短剑踪影。这当然是不可能的，却又是事实。其实呢，凶器一直就在人们的眼前，凶器就是锋利的玻璃碎片。凶手行凶后，先擦去玻璃碎片上的血迹，然后把它丢进了大如金鱼缸之类的容器之中。

类似的还有毁灭凶器而非隐藏凶器的诡计。锋利的冰片或冰凌当作短剑，会随着时间而融化。这些在《冰制凶器》中有过叙述，不再重复。

隐藏书本或纸张的常用诡计有割开《圣经》厚厚的封面，把书本或纸张夹在其中，这算不上独特。我在作品中，曾将纸币藏在花盆的土中，这更加普通。在欧美作品中，克劳夫兹在某个短篇中就曾使用过花盆。而隐藏纸片之处，最为奇特的当属勒布朗的《水晶瓶塞》，竟将纸片藏在义眼之中。与此相类似，隐藏用于自杀的毒药，菲尔伯茨用的也是义眼，有时也会用到假牙。侦探小说中的藏人之处，也不乏奇思妙想。犯下重罪的犯人，故意犯下轻罪入狱来逃避重责，牢房就是他的藏身之处。此外，也有装成病人躲在医院里的。先前提到的犯人扮成邮差和乘务员的手法也很有趣。切斯特顿堪称奇思妙想的高手，在藏人诡计中，他的构思也是最巧妙的。越狱者在逃亡途中，遇到某富翁家正在举办化装舞会，他就这样身着粗条纹的囚衣混迹于舞会当中，骗过了警察的眼睛。豪宅内囚犯的变装，真是令人拍案叫绝。

柯南·道尔的短篇中有这样的诡计，犯人身处被警方包围的豪宅内，府内刚好有人去世，正在治丧。犯人吩咐死者家属做了一口宽大一些的棺材，他和死者一起躺在棺材里，骗过警察的眼睛，逃出府外。

阿加莎·克里斯蒂的短篇中也有这样的诡计，凶手躲到女人的床底下，利用警察对女人卧榻有所顾忌的心理，凶手得以逃脱。拉蒂默的《陈尸所里的女尸》也采用了相同的诡计。

还有一些比较简单的诡计，如：犯人装扮成稻草人瞒过警察的眼睛（切斯特顿），或装扮成蜡像（卡尔《蜡像馆里的尸体》，拙作《吸血鬼》）等。

以上这些是活人的藏身之法。说到藏尸的诡计，也是不胜枚举。在我归纳整理出来的"诡计表"中，大致可分为"永久隐藏"、"暂时隐藏"、"转移尸体"和"无脸尸体"四大类。

永久隐藏尸体的方法有地下掩埋、沉尸水底、利用火灾或用火炉焚烧、药物溶尸（谷崎润一郎的《白昼鬼语》）、封入砖砌或混凝土制的墙壁中（爱伦·坡的《一桶酒的故事》、拙作《帕诺拉马岛奇谈》）等等。以上这些方法大家一般都能想到。此外还有一些比较离奇恐怖的诡计，如：邓萨尼的《两瓶调料》中把尸体绞成肉泥制成香肠吃掉（德国发生过真实的案例）；把尸体电镀成铜像（卡尔）；制成尸蜡（拙作《白日梦》）；抛入水泥炉制成水泥（叶山嘉树《水泥桶中的信》）；混入纸浆中制成纸（楠田匡介《人之诗集》);绑在气球上进行天葬（水谷准《我的太阳》，岛田一男也用过同样的诡计）；把尸体冻成冰后再加以粉碎（北洋之作）等，诸如此类，数不胜数。

暂时隐藏尸体的方法有克劳夫兹的桶子、奈欧·马许的羊毛堆、尼古拉斯·布莱克的雪人（塞克斯顿·布莱克和拙作《盲兽》中也曾使用，此外，也有很多人使用该方法）、卡尔的蜡像、我的人偶和菊偶[1]、大垃圾箱（拙作《一寸法师》和切斯特顿的《孔雀之家》用过），大下宇陀儿的冷库（《红座庖厨》）等等。

切斯特顿的作品中有过这样的诡计：战场上，一位将军因为私怨杀害了部下，为了隐藏尸体，将军发动了一场注定失败的战役。己方将士尸体堆积如山，将军把部下的尸体藏在其中，伪装成战死。为了隐藏一具尸体而葬送几十人的性命，既残忍又荒唐可笑。

转移尸体的诡计在卡尔的长篇和切斯特顿的短篇小说中都出现过。把尸体从杀人现场转移到其他地方，混淆视听，增加破案的难度，这是一般的诡计。在此基础上，作家们苦思冥想、各显神通，创造出了多种方法。

切斯特顿曾用过这样的诡计：凶手故意在外面制造

1　菊偶：日语汉字为"菊人形"，头和手足是人形，身体用菊花扎出真人的模样。

声音，引诱被害人从窗户探出头来。再从楼上窗口垂下绳套，套在他的脖子上将其吊死拉到自己的房间里，然后从后窗放下尸体，交给在楼下等待的同谋。同谋用绳子把尸体挂在院子的树枝上，伪装成上吊自杀的假象。

转移尸体的诡计中，最令人意想不到的是利用火车车顶。最早使用该方法的是柯南·道尔的《布鲁斯－帕廷顿计划》。布莱安·弗林在长篇《途中命案》中则把火车改成双层客车。日本的小说中，拙作《鬼》和横沟正史的《侦探小说》均借用了该想法。首先把尸体放到货运列车的车顶上，在远离案发现场的拐弯处，由于惯性尸体被甩到地上，令人以为那里就是凶案现场。

还有一种典型的诡计，并非凶手转移了尸体，而是被害人自己移动了，这会导致搜查陷入困境。范·达因的长篇小说中，被害人被利刃所伤，但他没有意识到这是致命伤，于是自己走进房间，把门反锁后死亡，这案件令人感到不可思议。这很像落语《人头灯笼》中的故事。卡尔的构思则更为独特，在其某部长篇小说中，被害人遭到枪击，伤及头部，他竟然若无其事地自己走回家，而后气绝身亡。或许有读者会质疑："这可能吗？"针对这一质疑，卡尔举出了犯罪史上头部中枪也不会立即死亡的实例。

在卡尔的长篇小说中，转移尸体的五花八门的方法是作品的精妙所在。故事的布局往往很复杂，无法三言两语说明。极端的方法有把被害人的尸体从走廊扔下，造成落地之处才是凶案现场的假象。更极端的有大坪砂男的《天狗》，犯人用石弓把尸体抛射到远处。杂技表演中有表演者把自己当成炮弹从大炮发射出去的节目，将此原理运用到侦探小说中，也不失为一种奇特的诡计。抛投尸体或发射尸体，颇具切斯特顿式的幽默风格。

曾在侦探小说杂志 Lock 的征文比赛中获奖的作品，作者的名字现在已经记不得了，也使用过类似的诡计，用铲雪车将尸体抛射到远处，看似离奇，却也有趣。

利用潮水把尸体或者载有尸体的船送到远方，以干扰警方的搜查。这种诡计也很常见，欧美一部合著小说《漂浮上将》，日本苍井雄的《黑潮杀人事件》以及飞鸟高、岛田一男的作品中都曾运用这一诡计。

无脸尸体的诡计在别处已有提及，在此不复赘言。

（原刊于《侦探俱乐部》昭和二十八年八月号）

第七章

或然率犯罪

　　侦探小说中屡见这样的桥段，凶手虽然并非算准概率，但抱着"这样一来或许可以杀死他，或许不能，是生是死就听天由命吧"的想法，制定了杀人计划。这当然是有预谋的杀人，但凶手却完全不会被问罪，是一种极其狡猾的方法。但如果真用这种方法杀了人，法律上又会如何认定呢？

　　欧美的侦探小说中有这样的例子。假设一户有幼儿的家庭，甲想杀死乙。甲的计谋是这样的：让睡在楼上的乙，在晚上下楼梯时，失足滚落而死。西式洋房的楼梯又高又陡，不慎失足，运气又不好的话，的确有丧命的危险。甲将孩子玩的玻璃球（在日本可以用汽水瓶里的小圆珠）撒在楼梯容易被踩到的地方，当然乙也有可能踩不到，或者即使踩到了也不至于丧命。但无论目的是否达到，甲都不会受到怀疑，因为谁都会认为玻璃球是孩子玩耍时留下的。

天真孩童的玩具玻璃球竟然被用作杀人工具，两者之间的反差，增加了故事的吸引力，欧美侦探小说中不乏这类诡计。最近出版的英国作家卡林福德的长篇小说《死后》就用到这种诡计。看到时我不禁微微一笑："又来这招呀！"

成功了的话固然好，失败的话，也不会遭到怀疑。就算失败了，仍然可以反复尝试，直到成功为止。我把这一狡猾的杀人方法命名为"或然率犯罪"。不是"一定成功"，而是"顺利的话就能成功"。自古以来就有以此为主题的作品，如：R.L. 斯蒂文森的短篇《是杀人吗？》，巧妙地利用人的好奇心和逆反心理，堪称"或然率杀人"的经典之作。

故事说的是某伯爵决定向某男爵复仇。两人一起在罗马的期间，伯爵若无其事地向男爵讲述自己做的怪梦："昨晚我做了个不可思议的梦，是关于你的。在梦中，我看到你走进了罗马郊外的地下墓地。我不知道是否真有这样的墓地，但清楚地记得前往那里的路和沿途的风景。"伯爵娓娓道来，"只见你在那里下了车，走进了墓地，我紧跟在你身后。地下通道十分荒凉。在黑暗中，你借助手电筒的光不断前行。不知为何我总担心你会消失在无尽的地底，所以我屡次劝你不要再往前走了。'快回去吧！'然而你根本就不予以理睬，继续朝着黑暗的深处前行……真是个古怪的梦呀！"这梦无疑给男爵留下了深刻的印象。

数日之后，男爵在郊外开车兜风时，发现偶然经过的乡间小路与伯爵所描述的梦中景色一模一样。他下车探个究竟，竟然发现与梦境完全相同的地下墓地。现实与梦境完全一致。受好奇心的驱使，男爵打开手电筒，不由自主地走进墓穴之中。他心中一直被一个念头所占据，觉得梦境将会重现。他不停地往里走，突然被绊了一下，脚下的地面突然消失了，原来他掉进一口古井里。他大声呼救，可无人经过。男爵最终命丧于此。

伯爵完成了复仇大计。其实他所描述的梦是编出来的。案发前几天，他亲自去墓地实地勘察，发现墓地深处的古井护栏因年久失修，已经破败不堪。作家在标题中打上问号，来表达"这究竟算不算犯罪"的疑问。

在日本，谷崎润一郎开创了所谓"或然率犯罪"的先河。他早期的短篇《途中》便是该类型的作品。丈夫一心想杀死妻子，绞尽脑汁想了许多可令自己脱罪的方法。如，将供暖用的煤气管阀门装在妻子的卧室内，女佣进进出出，很容易碰到，期待有一天女佣的衣服下摆不慎勾到阀门从而打开煤气。撞车时，坐在右侧座位上的人更容易受伤，便故意让妻子坐在右侧。以上种种，不一而足。这些看起来并无恶意的尝试，最终成功致妻子于死地。读过之后，我深深被其巧妙构思所折服，不禁感叹无有出其右者。受其影响，我写了短篇《红色房间》。

《红色房间》中讲到五六则"或然率杀人"的故事。比如，有一则讲的是一个执拗又刚愎自用的盲人的故事。当朋友告诉他"不再往左一点的话就会有危险哦，右边是个工地深坑呢"，他却认为朋友是在捉弄他，想拿他逗乐，于是故意向右移，结果掉进下水道的洞里，再加上运气不好，就一命呜呼了。另一则说的是夜晚，出租车司机载着的一名受伤的乘客询问附近是否有医院时，他明知右边有很好的外科医院，却指给对方左边兼营内科的医院，耽误了治疗，伤者最终不治身亡，等等。

英国作家菲尔伯茨写过长篇小说《极恶之人的肖像》。为了杀死某人，先不为人知地杀死对方与自己无冤无仇的孩子。凶手与孩子之间毫无关联，因而完全不会受到怀疑。小孩的父亲，早年丧妻，孩子是他唯一的感情寄托。如今爱子死于非命，他对这个世界再也不抱任何希望，便自暴自弃，沉溺于危险的骑马游戏中，最终在山路上坠马而亡。这是间接杀人获得成功。此外还有凶手利用自己医生的身份，哄骗一位怯懦的男人说他得了不治之症，并不断灌输，让他信以为真。该男子烦闷郁结之极，最终自杀而亡。

美国普林斯兄弟合著的短篇小说《指男》讲了这样一个故事：主人公是一名心理异常的罪犯，在幼年时确信神赋予自己特权，有权对不合自己心意之人下达神的审判。神说："正因为你是人，不可能不犯错，所以判断对错的决定权还是在我手上，你只是替我施行惩戒而已。"因此，该男子自幼年起至长大成人，一直行使着这项特权。七岁时为了杀死自己讨厌的奶妈，晚上在楼梯上放旱冰鞋，他告诉自己："如果神觉得不应该惩戒，那么奶妈就会及时发现旱冰鞋而避免事故的发生。如果神认为应该惩戒的话，那么奶妈就会踩中旱冰鞋，从楼梯滚落而亡。"最终奶妈摔断了颈椎而死。

少女蒙着眼在路上玩捉迷藏的游戏，他便偷偷打开窨井盖，在一旁袖手旁观，最终少女掉进下水道的洞中而亡。这是神的旨意呀！他打开医生办公室的煤气灯，当医生叼着香烟进来时，便被熊熊烈火包裹，葬身火海。这是神召回了医生。在惩戒方法中，他最喜欢利用地铁，多名男女在那投入了神的怀抱。交通高峰期，他把一个手提包扔到地铁月台上，一名女子不慎绊倒跌到轨道上，被车轮削去脑袋。他潜入铁匠的冶炼工坊，旋松大铁锤的手柄，当铁匠高高举起大铁锤时，被掉落的铁锤砸中脑袋，当场毙命。以上种种，不胜枚举。

例子就暂且举到这里。"或然率犯罪"不论是在刑法学上，还是在犯罪学上，都是值得深思和好好研究的课题。曾有人开玩笑说："医生不杀死几十个人，就无法成为合格的医生。"这对于那几十位患者而言是非常不幸的。不过，这种"善意的杀人"（？）是不构成犯罪的。在它和证据确凿的杀人罪之间要画一条界线其实并不容易。而"或然率犯罪"就在这条界线上，要作出判断绝非易事。正因如此，这个问题值得我们深思。

（原刊于《犯罪学杂志》昭和二十九年二月号）

第八章

无脸尸体

　　侦探小说中使用的诡计不计其数，其中一种为"无脸尸体"。

　　无法辨认被害人的脸，就无法确认死者的身份，或者故意混淆被害人的身份，这对凶手而言，都是非常有利的。在现实的案件中的确也有这样的情况，但在小说中则更为常见，尤其是在侦探小说的草创期和发展期。现在的读者只要一看到无法辨认容貌的尸体，便马上反应"哈哈，诡计来了"，所以反而用得不多了。现在的作家有时会反其道而行之，弄烂死者的脸伪装成他人，其实呢，就是大家一开始推定的那人，这也算不上精彩。

要让被害人的脸无法辨认，主要有两种方法。一是用钝器砸烂死者的脸，或者用具有强腐蚀性的化学药品毁其容颜。二是割下其头颅藏起来，只在现场留下无头尸身，再脱下被害人衣服换上别人的衣服就可以了，这无须多言。

不过就算这么做，人身上总会有些特征或标志，亲人如妻子，即便面对无头尸体，依然能够辨认出来。侦探小说使用该诡计时，往往设定被害人没有任何的亲人，孑然一身。

此外，还有一个难点。现在指纹鉴定十分普及，如果被害人有前科，或者曾主动在警察局登记过指纹的话，马上就能判明身份。也可以通过留在家具上的指纹和死者的指纹进行对比，真假立判。因此，除了让死者容颜无法辨认，还必须砸烂他的双手手指。不过这样做有时候会欲盖弥彰。可以说"无脸尸体"操作起来难度也是很大的。

该诡计还出现许多变形,如美国作家劳森的长篇《断项之案》。一位女人因脸部受伤缠满绷带,让人无法判别到底是她本人,还是其他女人假扮的。我在长篇《地狱的小丑》中也用过相同的诡计。也就是说,"无脸尸体"的诡计可以应用到活人身上,也不见得一定要毁容或改变容貌,将其包裹覆盖起来也能起到同样的效果。戴着假面死在狱中,其身份最终也没有暴露的"铁假面"传说,也有着异曲同工之妙,是很不错的实例。也可以通过整容术完全变成另外一个人(如《总统侦探小说》和拙作《石榴》等)。

切斯特顿的《花园谜案》和莱斯夫人的《完美犯罪》,则展现另外一种变形。想法不仅仅停留于割下被害人的头颅,还把它与其他尸体的头颅调包。除了古代战场,在现实社会中没有人会这么做。但在小说中经过作者充分的渲染,显得合情合理。

日本的高木彬光的想法更为新奇,令人拍案叫绝。在他的处女作《刺青杀人事件》中,调换的并不是割下的头颅,而是胴体部分。为何要隐藏胴体呢?因为胴体上有醒目的刺青。或许有人会问,留下头颅的话,不是立刻就能确定死者的身份了吗？作者预先作了设定，光认出脸是没用的，只要没有发现刺青，凶手就是安全的。

言归正传，接下来让我们来考证一下，究竟是谁最早使用"无脸尸体"这种诡计的呢？从侦探小说鼻祖爱伦·坡开始算起，至今一百一十多年间，使用毁容伪装成他人的诡计的例子，不论在真实的案件中还是在侦探小说中都不计其数。在我所收集的著名作家之中，就有柯南·道尔、阿加莎·克里斯蒂、恩尼斯·布拉玛、约翰·罗德、埃勒里·奎因、约翰·迪克森·卡尔、雷蒙德·钱德勒等人使用过该诡计。

那么在这之前，即在爱伦·坡之前是否有人使用过类似的诡计呢？当然有。早于爱伦·坡的侦探处女作《莫格街凶杀案》，英国大文豪狄更斯于1841年年初，开始在周刊上连载《巴纳比·拉奇》，这一部长篇历史小说的核心诡计便是"无脸尸体"。

一位乡绅被杀，同时管家和守卫不知去向。两人之中必有一人是凶手，但无法判断究竟是谁。一个月之后，宅内的古池中发现一具尸体，脸部已被毁容，只能通过衣着判断出是管家。众人判断是守卫杀了主人和管家之后逃遁而去。但这其实是瞒天过海之计，真凶是管家，他杀死主人，夺走钱财，后被守卫发现，于是又杀了守卫，给尸体换上自己的衣服，自己则穿上守卫的衣服逃跑了。

狄更斯在英国的地位仅次于另一名大文豪莎士比亚，据说他非常喜欢侦探小说。在侦探小说领域，英国号称世界第一，是因为传统由来已久。《巴纳比·拉奇》虽不是严格意义上的侦探小说，但他去世之前尚未完成的长篇《艾德温·德鲁德之谜》可以说是纯粹的侦探小说了。凶手到底是谁？使用了怎样的诡计？自狄更斯去世以来直到现在，作家们一直反复地讨论这些问题，甚至出现二十多种不同的《艾德温·德鲁德之谜》解谜版本。

那么是否就可以断言最早使用"无脸尸体"诡计的就是狄更斯了呢？当然不是。虽然不是他，但究竟是谁？到目前为止，我依然没有找到相关的资料来回答这个问题。尽管如此，断言狄更斯并非这一诡计的创始人是有依据的。让我们从十九世纪回溯到公元前，就曾有人使用过这种诡计。由此推断，从公元前到十九世纪之间的漫长岁月，不可能是一片空白吧！十八世纪之前的文学，因为年代久远，我们没机会或者说没有能力去涉猎，所以暂且只能放弃研究。

公元前"无脸尸体"（倒不如称之为"无头尸"）的例子，我发现了两例。其一出现在被誉为"历史之父"的古希腊希罗多德的名著《历史》中，具体是在该书的第二卷第一百二十一段，全文都在讲述"无头尸"的故事。（日文全译上下卷，青木严译，生活社于昭和十五年出版发行。）

希罗多德是公元前五世纪的人，他在埃及游历时，从当地的长老那里听说了公元前 1200 年前后埃及法老拉姆普西尼托斯，即拉美西斯四世的逸闻。"无头尸"这一诡计真是历史悠久啊！

拉姆普西尼托斯非常富有，坐拥无数金银财宝。为了安全起见，他命人在宫殿旁边修建了一座石库。但受命修建石库的建筑师多留了个心眼，做了手脚，墙上的一块石头，虽然外观与其他石头并无不同，但如果使劲的话，是可以抽出来的，也就是说他留下了可以进出密室的暗道。

这其实是一个长远的计划，当他快要死时，把两个儿子叫到床前，留下遗言："实际上我为你们留了一条通往石库的密道。如果想要发财，就偷偷进去，盗取国王的金银财宝即可，估计谁也不会发现你们。"他详细地告诉儿子们抽出石块的方法。

两个儿子按照父亲的说法，偷偷进了石库，盗取了很多金银财宝。由于库门一直都是紧锁着的，谁也没有察觉。

后来，因为需要，国王打开了库门，细查之下才发现少了不少财宝。门窗都关得严严实实的，财宝却不翼而飞了，真是蹊跷啊（这就是"密室"诡计的雏形）！后来，每次打开库门时都发现财宝又少了不少。于是国王心生一计，在库里设下了抓捕小偷的陷阱。

兄弟俩对此一无所知，某个晚上再次潜入石库作案。其中一位不慎掉进陷阱，动弹不得。另一位尝试了很多方法，力图营救兄弟，但依旧无法助其脱身。掉入陷阱的那位只能放弃，为了不辱门楣，他命令兄弟割下自己的脑袋带回去。没了脑袋，就无法辨认到底是谁，这样一来，家人和兄弟就可免受牵连。另外一位只能强忍泪水，听从兄弟的遗言砍下脑袋，带着它逃回家去（即"无头尸"诡计）。

第二天，国王走进库里一看，库里没有异常，也依旧找不到其他的出入口，只是看到陷阱里有一具无头尸体，他感到十分震惊。于是国王再生一计，把无头尸体吊在城墙外，命守卫们注意观察往来的人群，等待他的家人出现。逃回家的儿子见此也想出一计，将兄弟的尸体成功盗走。国王越发感到惊讶，他派出自己的女儿即公主前往妓院（希罗多德也事先言明，这一点虽看似不可能，却是实情），想通过与嫖客的交谈找出犯人。

听到这个消息，活着的儿子故意前往妓院，又使了一个计谋。他事先在墓地找到一具刚入葬不久的尸体，砍下一只手，偷偷带在身上。当公主问起时，他坦承自己就是犯人。公主暗喜：这下可不能让他逃跑了，于是紧紧抓住他的手，没想到这手其实是从尸体上砍下来的那只。因为房间内黑漆漆的，公主完全没有觉察，还以为自己已经抓住了盗贼，于是便安心入睡，而那位兄弟则留下一只死人的手，趁夜色逃遁而去。国王听闻此事，不得不感叹犯人的聪明才智，最后竟然还心悦诚服地把公主嫁给了他。多么美好的幸福结局呀！（假手的诡计，在法国《幻影故事》中也出现过。年轻时我在电影里看到这个情节，留下了深刻的印象。后来我在某部通俗长篇小说中也用了相同的诡计。）

　　另外一个公元前的例子见于希腊作家波桑尼阿斯（公元前二世纪）的记录。[1]建造德尔菲的阿波罗神庙的两名建筑师阿伽墨德斯和特洛波尼欧斯，修了一条通往金库的密道，掉入陷阱，砍下头颅。这与拉姆普西尼托斯法老的故事基本相同。或许只是埃及的故事传到希腊之后本土化了而已。

　　再顺便提一下东方的例子。古时候的佛典中应该有所记载，不过尚未考证。十三世纪初宋朝成书的《棠阴比事》中有一则颇为有趣的故事，题为《从事函首》。某富翁暗恋商人之妻，将其掳走并藏了起来，同时他在商人家里留下一具无头尸，商人为此背上杀妻的嫌疑。结果，那富翁藏起来的头颅被发现，将它与留在商人家里的胴体一匹配，果然是同一个人。由此判明死者并非商人之妻，富翁最终没能逃出法网。

　　在明朝冯梦龙编纂的《智囊》中，这个故事题为《郡从事》。以《智囊》日文译文为主要内容的辻原元甫的《智

1　波桑尼阿斯主要生活在公元二世纪，此处疑为作者误记。

慧鉴》也收录了这个故事。《智慧鉴》要早于西鹤的《本朝樱阴比事》，于万治三年（1660 年）出版，可以说是一部早期的侦探小说集。

日本的《古事记》《日本书纪》《今昔物语》《古今著闻集》中可能也有"无头尸"的相关文字，但未经确认。现在知道的有，成书时间较上述古籍晚得多的《源平盛衰记》第二十卷《公藤介自杀事件》以及之后的《楚效荆保事》中用和汉混合文体写成的故事。但与其说公藤介是为了瞒天过海，倒不如说是为了保全名声而命令儿子砍下自己的脑袋，两者其实都不能算作诡计。

（原刊于《侦探俱乐部》昭和二十七年五月号）

第九章

变身愿望

　　我曾经想写关于人变成书的故事，但想想这种故事不适合大人阅读，所以只能找机会把这种想法写到少年读物中去了。是怎样的一个故事呢？欧美有那种厚重的大辞典，比如《大英百科全书》、新世纪词典等等，或日本平凡社的百科全书也可以，让专业人士将它们的书脊部分拼接在一起，像龟壳一样粘在人背上，然后那人横着躺到书架上，背部朝外，蜷起四肢。从外面看，就像是一排竖放着的大辞典，而实际上是一个人屏气凝神藏在书架上。这想法实在太过愚蠢，但恐怖小说正是从这些异想天开的想法出发，逐步形成的。

之前我曾写过人变成椅子的故事，这想法其实也够愚蠢。当初只是觉得如果人能够变成椅子这多好玩呀，后经不断完善和润色，最终写出《人间椅子》这一小说，当时颇受读者的喜爱。

人不会满足于现状。成为英俊的国王、骑士或漂亮的公主，这些愿望是最普通不过的。而通俗小说中，随处可见俊男靓女、英雄豪杰，这无疑满足了读者的这些愿望。

孩子的梦想有时候更加大胆。很遗憾，现代的童话中很难看到这些大胆的想象，而在古代的童话中则屡见不鲜，如魔法师用魔法将人变成石像、野兽、鸟类等，人总想试着变成其他的东西玩一玩。

如果真能变成像一寸法师那么小的人，其实也挺有意思的。这种想象自古就有。童话里的"一寸法师"，以缝衣针为刀，以碗为舟。江户时代有一则色情故事，叫"豆男"，主人公可以用仙法把身体缩到一寸大小，趁人不备或钻进美女的怀中，或滑进浪荡公子的袖内，偷窥情事，竟无人察觉。这与欧美色情书中有关"跳蚤人"的故事，有异曲同工之妙，不过它更为放肆，在庞大如山的人体上自由来往，一览无遗。

古希腊有一首打油诗云："好想变成一块板，浴缸的板，可以抚摸那人的肌肤。"在日本也有类似的和歌。看来人有时确实会想变成一块浴缸板啊。

高贵一些的变身愿望，则是想变成神或佛。神可以变身为任何事物，可以化身为满身疮疱的乞丐以试探人们是否善良，如遇好心之人，便赐福于他；可以变成鸟兽鱼虫，无所不能。神象征着人的理想。能够变幻自如，无疑是人们最为渴望的，这也是人类喜爱"变身"的明证之一。

让我们来回顾一下世界文学史，很早之前就有"变形记"的系列故事。如果按照年代顺序加以梳理的话，一定很有意思，不过现在的我欠缺这方面的知识。就在最近，近一年以来，我看了两则现代变形记，一则是卡夫卡的《变形记》，另外一则是法国作家马塞尔·埃梅的《变貌记》。不过这两部作品都不是描写主动想要变身的愿望的，而是讲主人公被迫变身后的悲惨遭遇的。可谓是反其道而行之。

卡夫卡的《变形记》想必大家都知道，我简单谈一下后者。埃梅的作品刚出版不久，是 1951 年由伽利玛出版社出版发行的。我看的是哈珀出版社的英译本。虽然出版社将其做成单行本，但与其说是长篇，不如说是中篇更为合适。

有妻有儿的中年商人，突然变身为二十多岁的美男子。为了办理证件，他向政府办事大厅柜台的工作人员递上自己的照片，只见工作人员一脸诧异。

"你是不是错拿了别人的照片呀？""没有啊！这就是我自己的照片呀！"工作人员觉得他脑子有问题。照片上明明是一位五六十岁、头发稀疏、皮肤松弛的平庸中年男子，而眼前的却是二十多岁的美貌青年。他要么是在嘲弄工作人员，要么就是脑子有病。工作人员觉得是他脑子出了问题，就把他劝走了。男子一时间摸不着头脑，回家路上，他突然看到映在橱窗里的自己，大吃一惊。他还以为自己的眼睛出问题了，经多次确认，那的确是自己，没错！自己竟然变成一位如假包换的美男子了。从"变身愿望"来看，该男子此时应该喜出望外才对，但作为一名普通人，有钱、有地位，有妻有儿的他，反而高兴不起来，只觉得不安。如果换作是打算孤独终老的虚无主义者，或者是有犯罪倾向的人，定会欣喜若狂。但作为一名脚踏实地的公民，他根本感受不到任何喜悦，现在连家都不敢回，因为妻子也认不出他来了。

无奈之下，他只好去找好朋友，把事情的原委向好朋友解释了一番，好朋友对此也难以置信。因为在现实社会中，这童话般的变身，终归是不可能发生的。好友对此深表怀疑，眼前的男人是不是囚禁或杀了商人，然后打算装成商人窃取财产呢？好朋友是一名诗人，他知道"两人一角"的犯罪诡计。

这基本上就是按侦探小说的套路写的，埃梅虽然不是侦探小说作家，但这部作品中不乏侦探小说的元素。像谷崎润一郎的《友田和松永的故事》，以及更新一点的，拙作《一人两角》的点子反过来，就是埃梅的构思。

变身男的身份无从落实，谁也不认识他，也没有户籍。虽然年轻貌美，但他没有勇气重新开始人生。既心疼失去财产，又哀叹失去心爱的妻儿，穷途末路之际，他心生一计。他在之前所住的公寓里租了一间房子，以他人的名字登记入住，然后开始追求自己的妻子，想重新夺回妻子。自己的前身，即妻子的前夫，已经从这个世界上消失了，所以不必担心别人会说三道四。最后两人结婚，回到原先的家庭。在那样的处境下，他再怎么绞尽脑汁，也想不到比这更好的方法了。

于是，他就以别人的身份，与自己的妻子又一次谈起了恋爱，多么奇怪的人生际遇啊！拙作《一人两角》和《石榴》中也是用了这样的设定，这也是我最感兴趣的主题之一。他的妻子是一位美女，但也有点放荡，他的计划出乎意料地顺利，轻而易举就成功了。成功时他的心情五味杂陈。这样看来，自己的妻子并不忠贞呀！而且，这次出轨的对象是自己。美貌青年的喜悦和五十岁前夫的愤怒交杂在一起，真不是滋味啊！

这不贞之恋，不能在孩子或邻居面前表现出来，因此两人就商定去外面风花雪月。两人的约会越来越频繁，终于有一天，诗人好友看到他俩手牵手同行的场景。诗人那时的表情说明了一切，他认定美貌青年把商人的妻子追到手，夺取好友妻子和财产的阴谋即将得逞。这可不能坐视不管。而且现在好友依然下落不明，一周过去了，十天过去了，好友依旧没有回来，他心想这下糟了，那小白脸一定是把他给杀了，自己不能这样坐视不理，只能报警进行调查了。变身男直觉认为诗人好友一定会这么做。

思来想去，变身男决定和妻子私奔去远方，这需要编造具有说服力的理由，才能让妻子下定决心和自己一起走。就在这千钧一发之际，如噩梦醒来一般，美貌青年又变回中年商人的模样。他当时在食堂打了个盹，醒来时就变回原来的模样，这真是太好了！他松了一口气，又抱着一丝遗憾的心情，毕竟这是一次千载难逢的冒险的机会呀。

他变回商人后回到家对妻子解释说，自己这些天之所以不在家，是因为生意上有紧急情况，不得已去了一趟外国。美貌青年从此杳无音信，家庭生活恢复原貌。但他心里总觉得有些怪怪的，因为他切身感受到妻子的不忠贞，这种感觉总难以消除。妻子则三缄其口，一脸若无其事的样子，像完全没出轨一样，循规蹈矩。商人也装作什么都没发生，暗中观察着妻子的一举一动。

对于妻子，比起憎恨来，他更多的是怜悯，因为奸夫就是他自己。他谈不上生气，就是有点别扭。这是因变身而产生的复杂而又微妙的心理状态。我挺喜欢这样的故事的。

我还看过埃梅另外一部作品的英译本，也很有意思。一位平庸的职员头顶突然出现一轮光环，就像神头顶的光环。这位职员原本就笃信宗教，他认为这是神对自己的赏识，不过他还是为此深感迷茫。连上街都不敢，因为害怕人们会指指点点地嘲笑他。他用大帽子遮掩，就连在办公室也不摘下来。但这并不是长久之计。无论走到哪里他都遭到人们的嘲笑，被妻子痛斥，他开始不断地诅咒这神之荣光。走投无路的他心生一计，他想如果要让光环消失，就要触怒神，也就是要犯下罪行。他先是撒谎，然后变本加厉，但光环并没有消失。于是他犯下的罪行越来越严重，可是光环依然挂在头顶，无奈之下只好实施更加残暴的罪行……我很想看看埃梅的其他作品。

言归正传，埃梅的《变貌记》是与"变身愿望"相反的。故事的来龙去脉或许表达得不够清楚，不过也提到变身的魅力。就算不是写主动变身的愿望，如果作家自己没有幻想过变身，是写不出这样的小说来的。

变身愿望是很普遍的事，这一点可以通过化妆来说明，因为化妆也是一种变身。少年时期，我曾与朋友一起玩角色扮演游戏。借来女装，在镜前化妆，我很惊讶于当时所体会到的独特的乐趣。而演员则是把变身愿望职业化，一天之中可以扮演多个角色。

侦探小说中的变装，也满足了变身愿望，而作为一种写作诡计，现在已经不怎么流行了，但是变装本身，魅力依旧不减。变装小说的巅峰，是描写通过整容完全改头换面的作品。代表作有二战前安东尼·阿伯特主导合著的《总统侦探小说》。关于此书的详情请参阅本书后面内容，在此暂且不谈。通过整容，完全变成另外一个人，这是可能的。可说是现代的忍术，是现代的隐身术。在此意义上，变身愿望又与"隐身愿望"一脉相承。

（原刊于《侦探俱乐部》昭和二十八年二月特别号）

第十章

离奇的犯罪动机

　　侦探小说中，犯罪动机无疑是极其重要的元素。大多数情况下，只要弄清楚真正的作案动机，就可以找出真凶。因此，自古以来作者为了隐藏动机就各显神通，创造出许多匪夷所思的动机来。除了作案时的诡计，犯罪动机的诡计也是多种多样的。

　　令人惊讶的是，在塞耶斯、范·达因、汤姆森、海格拉夫等人的侦探小说论著中没有专门论述动机的文章。只有卡罗琳·威尔斯和弗朗索瓦·福斯卡的著作中曾简单地涉及动机的相关问题。威尔斯的《侦探小说的技巧》（1929 年修订版）第二十三章的标题尽管是"动机"，但其篇幅仅有两页多，十分简略，在此摘录一部分，内容如下。

最普遍的动机无须多言，就是"金钱"、"恋爱"和"复仇"，再细分的话，还可以分为憎恨、嫉妒、贪婪、自保、功利心、遗产继承问题等。也就是说，几乎囊括了人类所有的情感问题。

也有一些难得一见的动机。如韦伯斯特的作品《耳语者》中的杀人狂魔，冉威尔的《弓区之谜》中的离奇动机。不过，这些都比较特殊，应该说读者马上能够理解的动机才是最好的动机。此外，无须多说，越是简单的动机越能被人接受。杀人往往来自人类最原始的冲动，不管小说布局构思如何复杂精妙，尽量选择简单明了而又强有力的动机才是明智的做法。

如果可以，犯罪动机尽量不要追溯到遥远的过去。柯南·道尔的《血字研究》、安娜·凯瑟琳·格林的《手和戒指》，不但小说篇幅长，而且犯罪动机的说明还得追溯到三四十年前，真叫人着急。这两部作品在其他方面都十分优秀，但在结尾部分才告诉读者隐藏的动机，这是很大的缺点。

我基本同意威尔斯的观点。在思考犯罪诡计时，往往会遗漏动机。但由于犯罪诡计的创新愈发困难，侦探小说作家才转而思考动机。之前的一些作家，如切斯特顿和阿加莎·克里斯蒂，花大力气进行动机的创新，近年来甚至出现不是寻找真凶而只是探究动机的侦探小说。由此看来，动机逐渐成为侦探小说中最重要的元素。

正如前文，威尔斯将动机归纳为"金钱"、"恋爱"和"复仇"三大类，这当然是不完全的。下面来看弗朗索瓦·福斯卡在《侦探小说的历史和技巧》（长崎八郎译，昭和十三年育生社出版）第九章开头所附的动机表（福斯卡的书中并未单独设立"动机"一章，只是在第九章开头附了这张表，也未另作说明）。

一、激情犯罪（恋爱、嫉妒、憎恨、复仇）

二、利欲犯罪（贪婪、野心、利己的安定）

三、疯狂的犯罪（杀人狂、性变态者）

威尔斯并不重视第三项，但意外的是很多作家都在使用，所以不能将它排除在外。上面第二项括号中"利己的安定"这一译语，我不太明白其中的含义。由于手头没有原著，只能推测，或许指的就是"自己的安全"，即"自卫"的意思吧！杀死知道自己过去的人，或面对坏人的阴谋时先下手为强，大致上应该就是这个意思吧！

为了便于说明，我在上表的基础上作了一些补充。

一、感情因素的犯罪（恋爱、怨恨、复仇、优越感、自卑感、逃避、利欲）

二、利欲的犯罪（物欲、遗产继承问题、自保、保密）

三、心理异常的犯罪（杀人狂、变态心理、为犯罪而犯罪、游戏性犯罪）

四、信念的犯罪（基于思想、政治、宗教等信念的犯罪，因迷信而引发的犯罪）

福斯卡表中的第一项虽然译为"激情犯罪"，但冷血无情的预谋性复仇当然也属于此项，用语有失偏颇，倒不如用"感情的犯罪"更加全面些。在福斯卡的表以外，我还增补了第四项"信念的犯罪"——政治犯、狂热信徒的犯罪，还有基于其他特殊信念的犯罪，由于它们的动机很难归到前面三项中，因此单独设一项。其中，政治、宗教等秘密结社的成员实施的杀人，应该属于间谍小说，历来就不属于侦探小说的范畴（范·达因在《侦探小说二十准则》第十三条中将秘密结社的犯罪排除在外）。但是侦探小说中也不乏此类作品。此外，因迷信而引发的犯罪也经常出现在侦探小说中，因此从各种意义上来说都有必要增设第四项。

前面所列的四项中，第一项中的优越感、自卑感、逃避这三者有必要单独拿出来详细地分析一下。

优越感和自卑感的动机

这类情感上的动机在名著中经常出现。为了证明自己比别人优秀而实施犯罪，或因为自己不如别人的自卑感而引发犯罪行为。

优越感和自卑感犹如盾牌的两面。非得证明自己的优秀不可，这事本身就反映出潜意识中的自卑感，是为了克服自卑感而必需的优越感。司汤达《红与黑》、布尔热《弟子》中的主人公，在感到优越和自负的同时，潜藏着出身于社会底层家庭的自卑感。这就是盾牌的两面性。侦探小说中，既有突出优越感的作品，也有凸显自卑感的作品。前者如西默农的《一个人的头》中犯人的心理。犯罪出于因贫困和患不治之症而产生的绝望，同时也是对富裕阶层的嘲弄。自卑感和优越感交织在一起，难分你我。范·达因《主教杀人事件》中的犯人，其动机用憎恨和利欲是无法解释的，他杀死许多人只是为了证明自己的优秀。同时他也深感自卑，因为上了年纪的他已经丧失研究学问的能力。菲尔伯茨《红发的雷德梅因家族》中的犯人，其动机固然也有利欲的成分，但他作为社会弱势群体中的一员，想通过犯罪来证明自己也是优秀的。

与此相反，奎因《Y的悲剧》则将重点放在自卑感上。故事主要讲述一直遭受妻子虐待的丈夫想杀死自己的妻子，也想出杀死她的方法，但他没有勇气去付诸实施，所以就把它写成小说。等他去世后，一名天真的孩子竟然按他所写的方法杀了人。表面上是死后的丈夫完成对妻子的复仇，但从心理角度来说，也是对自己自卑感的报复。并且他自己还没有实施复仇计划的能力，只能写成小说，聊以自慰罢了。

再举一部英国的长篇小说为例。两位好友几十年来和平相处，从未有过争吵。然而其中一人却在偷偷计划着杀死对方。两人之间根本找不到一般意义上的杀人动机。两人自青年时期起成为好友，尽管成长环境相同，但不论做什么，被害人总是更为出色，犯人一直以来都只能仰视他。人到中年，被害人已经成为大富翁，社会地位也很高。犯人虽然生活无忧，但各个方面都比不上对方，他所住的房子，也是对方好心以低廉的租金租给他的。虽然两人也经常一起进行打猎等体育活动，但他绝不是被害人的对手。犯人总觉得他俩实际上就是主仆关系。常年累积起来的自卑，就成了他唯一的杀人动机。他以巧妙的方法制造了不在场证据，因此谁也不怀疑他。被害人和凶手是一对令人羡慕不已的好朋友，即使一方去世，另一方并不能获得物质上的利益。然而谁也没有料到，哭得最悲伤的人其实就是真凶。真是难以推测的动机啊！

再举一部美国作家写的短篇小说为例。担任某企业家秘书的青年，觉得主人雇佣自己无非就是把自己当作机器使唤，毫无人情可言，自卑感不断积累，最终生出杀意来。他以异想天开的方式制造了不在场证据，成功地杀死老板，他的动机绝非物欲，也不同于一般意义上的复仇。这种犯罪抛开自卑感和优越感是无法解释的。

英国一位不太出名的作家写了一部奇特的短篇小说《没有动机的杀人》，其实并非没有动机，而是动机非同寻常。一位具有文学家气质的没落贵族受到邻居一位富翁的怂恿，盗取了另一位青年的发明专利，并因生产该产品而发了大财。步入晚年之后，他对邻居的恨意日渐加深。虽然对方当时是一番好意，而且听从对方怂恿的自己也有不对之处。但如果那富翁不这么说的话，自己就不必一生背负精神上的负担和痛苦了。一想到此，恨意便笼罩心头。恨意日积月累，有一天，他以好友的身份去拜访邻居，突然冲动地拔出手枪，杀死对方。他没留下任何线索，和前面的例子一样，双方的关系很好，从未有过口角之争，旁人根本就不会怀疑到他身上去，案件一时无法侦破。这犯人的心理，与其说是自卑感，倒不如解释为极端的利己主义更为恰当。将自责之念转嫁于他人，通过杀死他人来消除自责，这种妄想只能解释为无法理喻的利己主义。

逃避的动机

前面的例子可以说是为了摆脱痛苦而实施的犯罪。有两位作家，则纯粹以逃避为动机进行犯罪的构思。其中一人为美国前总统罗斯福（虽然不能称其为作家），另一位则是英国的悖论大师切斯特顿。但这两例作品都只有犯罪的外形，实际上并不能算作真正的犯罪。

侦探小说作家安东尼·阿伯特在《自由时报》当记者时，经常拜访罗斯福。相传总统十分喜爱侦探小说，而阿伯特又是侦探小说作家，两人经常在一起讨论侦探小说。有一次，阿伯特建议罗斯福不妨写一部小说看看如何，总统回答说自己忙于政务没时间写小说，不过有一个故事的框架，打算请专业的侦探小说作家来写。听到这回答，阿伯特喜出望外，迅速召集了以范·达因为首的六名作家来共同创作总统构思好的长篇小说。出版时书名叫《总统侦探小说》，书的封面上还醒目地标注着构思者罗斯福的大名。

罗斯福的构思很吸引人。深藏在许多大政治家、大企业家潜意识中的愿望就是自己从这个世界上消失。该小说的核心动机便是这个。

总统构思出来的主题是一位成功男士计划从现在的生活环境中完全逃离出去。一位在企业界无人不知的百万富翁，对当前的生活已经深恶痛绝，他企图改头换面，以新的身份在新的地方开始完全不同的人生，抛弃现在拥有的一切，如家庭、亲戚、知己、社会地位，重新来过，不过他想把金钱带走。假设他总共有七百万美元，他会留下其中的两百万给家人当生活费，其余的五百万全部带走。就算家人、朋友到处寻找，也不会发现。

这很符合大政治家、大企业家潜意识中的愿望，罗斯福总统能深思这一问题是很难得的。东方自古以来就有这样的现象，不少位高权重者，远离尘世的烦恼，隐居山中，甘愿过着隐者的生活。俗气些的叫法称之为"风流隐士"。在东方思想中一般不涉及金钱，而在美国，隐居还要带走大部分财产，现实得很。而且，他打算以新的身份开始新的生活，这并非隐者，而是积极意义上的对自己人生的修正。正因如此，这种逃离困难重重。无人不知的企业家，如果放弃所有的家财，远渡重洋前往南美洲或者澳洲，以穷人的身份活下去，这或许没有多大的难度。如果要带上五百万美元，这难度就非同小可了。即使都换成宝石带走，买卖过程中也会行迹败露。为了免去这些顾虑和风险，所需的智慧和狡猾绝不亚于去犯一场惊天大案。六位作家齐心协力，献计献策解决了这一难题。那么作家们的方案又是怎样的呢？

我手头很早就有《总统侦探小说》这本书。当初因为它是合著的作品，就一直搁在案头，看了序言之后就再也没碰过。为了写本文，终于把它给看完了。看完之后我觉得比想象的要好看，给我留下深刻的印象。虽然各章节水平参差不齐，但接下来我还是要详细地说一下这部小说。

六位作家分别是鲁珀特·休斯、塞缪尔·霍普金斯·亚当斯、安东尼·阿伯特、丽塔·韦曼、范·达因和约翰·厄斯金。以这样的顺序共同完成这部长篇小说。负责写第一章的休斯描写了主人公的生活状况。主人公是一位中年男子，拥有一家律师事务所，财产多达七百万美元（在美国，律师成为百万富翁是很正常的）。他妻子原来是一名演员，来自俄罗斯，长得十分漂亮，与他结婚完全是因为看上他的财产，她瞒着丈夫与一位年轻的运动员偷偷交往。当事情败露后，丈夫提出离婚，妻子考虑到如果失去财产，自己的处境将会变得十分艰难，就以自杀相要挟，迟迟不肯答应离婚。律师因此（当然还有其他的原因）对当前的生活心灰意冷，决定要以新的身份开始新的生活，并为此进行了长时间的准备。（这似乎与总统的想法有所出入，总统原意是身居高位、富甲一方之人厌倦了名利场中的生活而主动逃离当前的生活。夫妻不和这一动机，削弱了总统这一难得的初衷。）

逃离的第一步是改名换姓。同时他跟随一位腹语师，在不为人知的地方学习了近半年的发声，最终几乎可以模仿任何人的声音。（这是声音模仿的学习，如果在日本的话，比起腹语师，应该会拜声音模仿师为师）。

第二章是亚当斯写的。除了声音之外，为了在表情、举手投足上都能成为另外一个人，他还跟一位演员学习了好几个月。然后花了一个月时间，把市值五百万美元的股票通过证券商偷偷地换成现金。

阿伯特写的是第三章。他不愧是这次共同创作的核心成员，可见其功底之深。我主要想谈谈感想的也正是这个部分。主人公终于要进行脸部以及全身的整容手术了。但即使创造出全新的原本并不存在的身份，如果身怀五百万美元巨款开始新生活，还是很容易遭到人们的怀疑。于是他委托私家侦探寻找已从企业界退隐、孤身一人、无亲戚好友、因患心脏病不久即将离世的资本家。美国国土辽阔，尽管他提出的要求近乎苛刻，但并非完全没有可能。最终，在一家医院的病床上找到合适的人选。律师前往医院会见那人，答应在他死后帮他找到失散多年的妹妹并照顾她，那人答应了他的要求，于是律师获得那人的所有人生履历。然后他和这位病人马上赶往远离纽约的一座小城的整容医院。

医院院长是一名整容高手，不过医院的楼房陈旧不堪。律师答应捐给医院一大笔钱用于翻修医院。他成功地收买了医生，接受了全身的整容手术。当然，在这过程中，律师用的都是假名。他为了把自己整成那位心脏病患者健康时的模样，参照的是其生病之前的照片。接下来就是对整容过程的描写。改变头发的颜色和发型，修正发际线，改动眉毛、眼睫毛，通过削骨改变鼻子、下巴、脸颊的轮廓，改变嘴巴、耳朵的形状，又通过削骨把肩膀改成溜肩，甚至连手指、脚趾都做了一定的修整。用了一年时间，他彻底变成另外一个人。

隐身愿望

先来说说其他的故事吧！有一则童话叫作《隐身蓑衣》。穿上蓑衣之后，别人就看不到自己。无论搞什么恶作剧，不管做什么坏事，对方都不看见自己的身影。这是人类几千年来的夙愿之一。因此，将此夙愿寄于童话之中流传于世。在欧美，威尔斯的作品《隐形人》，在日本，则是猿飞佐助的忍术，都深深地根植于人们的心中。好人需要"隐身蓑衣"，其实坏人更加需要它。只要拥有它，那么他的词典里就再无"不可能"这三个字。

阿伯特描写的整容术是最具科学性的"隐身蓑衣"。这原本是罗斯福提出的一大难题，主人公需要某种形式的"隐身蓑衣"。阿伯特通过整容的方法实现大政治家们潜意识中强烈的隐身愿望。

我的隐身愿望也十分强烈。之前作品中的偷窥心理就来源于这一愿望。《阁楼上的散步者》中，躲在阁楼里偷窥；《人间椅子》中，躲进椅子里谈恋爱，都是这一愿望的变形。我之所以会在杰克·伦敦的《阴影和闪光》、威尔斯的《隐形人》中感到共鸣，会被黑岩泪香的《幽灵塔》和《白发鬼》深深吸引，进而仿写，其实也都来自这一愿望。

说到黑岩泪香[1]，他的代表作《噫无情》《岩窟王》《白发鬼》《幽灵塔》等，无一不含隐身这一愿望，这一点值得深思。《噫无情》中那位有前科的犯人，彻底变成另外一个人，而且还当上一家大工厂的厂长。《岩窟王》中，原本应该葬身大海的越狱者最终竟然成了王一般身份尊贵的人。《白发鬼》中，从墓穴生还的人，彻底变成另外一个人，再次与妻子结了婚。这些作品如实地反映了读者强烈的隐身诉求。从少年时期起，我醉心于这些作品的主要原因就在于此吧！

《幽灵塔》中，那位奇怪的老科学家能用电自由地

1　黑岩泪香（1862—1920），日本著名翻译家、小说家，曾将九十多部西方小说翻译引介到日本。这里提到的四部均为他翻译改编的作品，原作依次为雨果《悲惨世界》、大仲马《基督山伯爵》、玛丽·科莱丽《复仇》、威廉森夫人《灰衣女子》。

改变女主人公的容貌，这种方法带有强烈的魔法色彩，仍属于童话的范畴。阿伯特则运用更加现代化的、更加科学的方法。我在仿写《幽灵塔》时，关于整容术的部分，构思要比原著更科学些，增加了与阿伯特相类似的解释和说明。不过由于我缺乏外科手术知识，写的无非一些基本常识而已，远不如阿伯特的描写来得详细。此外，在中篇《石榴》中我也用到整容术，虽然进行了描述，但具体的说明依然比不上阿伯特。当然这并不是说阿伯特的描写就是完美无缺的。如果对整容术感兴趣的话，可以收集更多的资料，那么书写时就会更加细致，更具科学性，至少可以在理论上完成现代的"隐身蓑衣"。

在阿伯特使用过的整容术中，有一种我之前未曾看到过的方法。最近几年，听说已经可以把用超薄玻璃或合成树脂制成的镜片直接贴在眼角膜上，用来取代眼镜。阿伯特在1935年的作品中，最早引进了这种方法。不管脸部的其他部位如何改变，只要眼睛不变，还是会被认出来的。相反，改变了眼睛的话，就算其他部位没做改动，也很难被认出来（赏花时佩戴的眼部面具有同样的效果）。整容中最难的就是眼睛，如果能够在眼睛里植入超薄的玻璃片，那么就可以改变眼睛的颜色和瞳孔的大小，这样的整容效果是最好的。阿伯特的着眼点真是独树一帜啊！

说到罪犯的整容，其实早在一战之前就开始流行了。昭和二十五年三月由岩谷书店出版的佐德曼和奥康纳合著的《现代犯罪搜查的科学》第一百○五页《整形外科和犯罪的鉴别》中，罗列了罪犯企图通过整容改变容貌的例子。简要引用如下：

（一战之前也有几例关于整容的报告）自一战以来，报纸上出现了好几篇相关的报道。人尽皆知的罪犯乔治·德林加，大家都认为他的脸部做了整容手术。第十八图，是德林加手术前的脸部（两幅）和手术之后的脸部（两幅）。[1]但其实这样的整容还是十分罕见的。毋庸置疑，技术高超的整容医生固然可以在很大程度上改变人的容颜，甚至达到令人惊讶的程度。但是罪犯如果不切断与过去的所有联系重新开始生活的话，那么他所做的这些改变基本上都是没有意义的。这方法难以成功

---

1 原文中没有附图。

的原因有两个。一是普通人的脸，即使整容也很难瞒过别人，就算可以，手术留下的疤痕也会长时间存在。二是要在全新的地方定居下来是很困难的，或者说长时间待在一个新的地方等待伤口愈合也是很困难的。

但是，对于像《总统侦探小说》中的百万富翁来说，这些困难根本就不是困难。他主动地想要去一个新的地方定居，而整容彻底与否，是由金钱和时间来决定的。虽然困难重重（如取得医生的同意，漫长的手术期间的保密工作，医生承诺保密），但是如果克服了这些困难，整容之后，警方是很难抓住他的。或者说，通过彻底整容，并非不能逃脱警察的追捕。

言归正传。那位心脏病人在整容医院去世之后，完成身份替换的律师就彻头彻尾地变成那人。心脏病人就埋在当地，而律师曾用过的假名就刻在他的墓碑上。

负责第四章的是韦曼，写的是律师抹去自己的过程。虽然已经拥有新的身份，但如果不能确认在纽约下落不明的律师已死亡，还不能算是成功。此时登场的是伪造尸体的诡计。律师又雇用了私家侦探（当然还是用假名），找到债务缠身、不务正业的医校学生，酬以重金，让其从医科学校的太平间中偷出一具年纪、身高与自己相仿的尸体。同时，将事先停放在纽约郊区车库里的小汽车开出来，给尸体穿上自己的衣服后放到车里。然后让尸体随汽车一起坠崖，制造成因事故死亡的假象。坠崖时，汽车发生爆炸，尸体烧焦以至于无法辨认容貌。

第五章是由范·达因写的，再有一章就要大结局了，故事从这里开始显得有些牵强。范·达因的文章乏善可陈。汽车坠崖的消息刊登在报纸上，因为律师本来就很出名，所以他的惨死轰动一时。他看着自己死亡的报道，内心窃喜。计划进行得很顺利。葬礼的日子也在报纸上公布于众了。他带着成功的得意，参加了自己的葬礼，同时也是为了试探了亲朋好友是否还能认出他来。结果谁也没认出他，就连妻子与他面对面也没认出来。

然而后面的故事就算不上精彩了。他意识到自己犯了一个大错。在对尸体进行再次检查时，发现死者的头部有枪击孔，头盖骨内留有子弹。律师疏忽大意之下，竟然没有发现偷出来的是一名自杀者的尸体。接下来的情节很牵强，经过多方取证，律师之妻竟然背上杀夫的嫌疑。（接下来的第六章是厄斯金所写）为了洗清妻子蒙受的不白之冤，他竟然向警方自首说出事情的经过，煞费苦心制定的计划也随之化为泡影。而他最终也没有和这位令人厌恶的妻子生活在一起，原来她在俄罗斯也有丈夫，犯了重婚之罪。这样的结局，真是索然无味，比起之前日本那些胡说八道的合著作品来固然会好一些，但合著作品的缺点和不足暴露无遗。

这部合著作品的故事梗概就介绍到这里。细细想来，从休斯到韦曼长达四章的整容计划中其实有一个非常大的漏洞。一般情况下，为了隐瞒自己的罪行，犯人自始至终必须单独行动，不能有帮凶或同谋。该作品中的主人公几次三番违背这条原则，除了他自己，知道他秘密或参与他部分计划的人不在少数。腹语师、演员、股票中间商、整容医生、找到心脏病人的私家侦探、偷尸体的医校学生、找到医校学生的私家侦探，直接参与的人就多达七人。此外，如整容医院的助手、护士，腹语师家里的管家和用人，证券公司的工作人员等，到底有多少人对他心存怀疑就不得而知了。只要其中一人去告发，律师的计划就会逐一暴露。七位直接参与人之中，如有人说出去的话，真相就会一一浮出水面。真是危险万分啊！主人公一方面制定了如此周密的行动计划，另一方面又如天真的小学生一样漏洞百出。

前面提到的《搜查的科学》中，只关注手术后留下的疤痕，但实际上，困难的是这方面吧。至少整容医生知道他的秘密，还有他的助手、护士。想到这，我觉得通过整容实现隐身的愿望，实非易事。关于《总统侦探小说》的感想谈得太多了，就此打住。

关于"逃避"的其他例子

切斯特顿的短篇（迄今尚未有日文译本）中，有一部以逃避为动机的杰作。看了这部作品，我深受启发，在笔记中写道："侦探小说的根本乐趣就在于悖论，不可能事件的趣味正是悖论（思想的魔术）。"这一感想并非源自诡计本身，而是来源于切斯特顿在文中展现出的一流逻辑。

这部作品主要讲的是，一名富有的诗人，享尽人世间的荣华富贵，也厌倦了诗人的身份，他渴望成为另外的人开始新生活，为此他想出了以下的方法。

他有一个平庸的弟弟，在农贸市场一角经营着一家杂货店，过着无忧无虑的生活。他虽然是一位天才诗人，但十分羡慕平庸的弟弟。于是，他给了弟弟一大笔钱，让他去国外长期旅行，自己则化身为弟弟（兄弟俩长得很像），当上了梦寐以求的平凡的杂货店老板。

两人商量后实施了行动。在离市场不远的海滨浴场更衣室里，弟弟脱掉自己的衣服，光着身子走进大海，并游到远处的荒凉海岸。在海岸的礁石后面，事先准备好了另外的衣服和行囊。弟弟穿戴完毕之后就出发前往外国了，他走的那条路完全不用担心会碰上熟人。而诗人哥哥随后来到更衣室，换上弟弟的衣服，刮掉胡子，俨然成了弟弟的模样，然后回到杂货店，过上小老板的新生活。

在旁人看来，富有的哥哥下落不明，音信全无。从常理看，因此而获利的人自然值得怀疑，弟弟作为唯一的财产继承者，理所当然地受到怀疑。于是身为现任杂货店老板的哥哥接受了警方的调查。侦探在经过一番奇妙的推理之后，揭开了兄弟俩互换身份的真相。如果侦探不能理解诗人这一异常心理，是无法成功解开谜题的。

　　这些超乎寻常的作案动机，按范·达因之流的理解来说，是不公平的。但切斯特顿却处理得合情合理，读来只觉有趣，而不会有任何不平之感。在说明这些奇特的动机时，切斯特顿正是运用了前面提到的悖论。

　　与前文的逃避不同，理查德·赫尔的倒叙式侦探小说《姑妈谋杀案》主要讲了一位不良青年，为了自己能够享受荣华富贵，杀死了像父母一样管束自己的姑妈。其动机是为了摆脱严厉管束下的阴暗生活。这部小说的故事梗概在《再论倒叙侦探小说》(收录在《幻影城》中)有所叙述，在此不复赘言。

　　还有一部可归入此类的作品也很有意思。《陆桥谋杀案》的作者诺克斯是一位伟大的学问僧，现在的职位是大主教，甚至译写出了诺克斯版《圣经》一书。他经常会产生一些天马行空的想法，《密室里的行者》便是绝佳的例子。在动机方面，也有如下大胆的设计。

　　一位身患绝症死期不远的男人，因为不想再受痛苦的煎熬，就想出了一个十分复杂的方法。他天性懦弱，没有勇气自杀，那就只能寄希望别人杀了自己。不过谁也不愿为此成为杀人犯，所以他只得自己去制造出凶手来。没人愿意杀自己，那么就由自己去杀人吧！这样一来，便会因犯杀人罪而被判死刑，这真够迂回曲折的。这故事在前面《意外的凶手》中已经作了说明，请大家参阅。

（原刊于《宝石》昭和二十五年八—十一号连载的随笔）

第十一章

侦探小说中的犯罪心理

　　侦探小说本来的目的在于解开复杂的谜题，很少从正面去剖析、挖掘犯人的心理。"意外的凶手"本就是侦探小说成立的条件之一，不到小说的结尾，犯人是不会暴露的。所以往往来不及详细描写犯人的性格和心理活动。一般情况下，真凶登场之际，就是小说结束之时。换言之，侦探小说是侦探侦破案件的小说，侦探的性格一般都描写得很详细，但是对犯人只能以间接的方法进行勾勒。最终的目的不仅仅要抓住真凶，还要揭开巧妙的作案方法。不过好在在优秀的侦探小说中，对犯人的性格和心理活动的描写也十分出色，尽管不是正面描写，但还是能够十分鲜明地刻画出犯人来。

在描写精彩而又复杂的长篇侦探小说中，犯人大都可算作某种虚无主义者。无论是在宗教上，还是在道德上，都没有任何信仰。不惧怕神灵，也不具有所谓的良心。害怕的只有刑罚。不，有时候他们连刑罚都不害怕。以解谜为中心的侦探小说里的犯人大多是这类人。能够实施复杂而又巧妙的犯罪的条件就是无情和冷血，不会轻易陷入感情的纠葛中。虚无主义者最符合这类冷血犯人的条件。

如要说出一部生动地刻画了犯人心理的侦探小说，在我脑海里首先浮现出来的是法语作家西默农的《一个人的头》（有的日译本题为《蒙帕纳斯之夜》）。这部心理侦探小说的主人公是一位名叫拉德克的年轻人，他天资聪颖，对社会上的骄奢淫逸失望透顶，他家境十分贫困，又身患遗传性脊髓病。梅格雷侦探评价他说："如果在二十年前，他将会是一名无政府主义战士，完全有可能向市政府投掷炸弹。"

与《罪与罚》中的拉斯柯尔尼科夫相比，拉德克的性格更加极端,他看穿一位纨绔子弟想杀死妻子的心理，在帮其杀了妻子之后敲诈勒索了一大笔钱。同时他又若无其事巧妙地装成与此案毫不相关的笨蛋。小说穿插着侦探梅格雷和犯人之间的心理斗争。

这位犯人蔑视、否定神灵和道德。他认为神灵和道德随着时移地易而变更其本质，这恰恰证明其不过是一种维系社会的工具。比如一夫一妻制和一夫多妻制，比如拿破仑的大屠杀和杀人犯的个别杀人，他看透了在这个社会上，相同的行为在不同的时间或地方，或成为善行,或成为恶行。他因而看不起道德如禁忌般的严肃性。

但是他一边否认良心的存在，一边又受着良心的谴责，这与拉斯柯尔尼科夫没有什么不同。更大的矛盾在于，这些犯人明明是虚无主义者，却没有摆脱自尊心的控制（真正的虚无主义者是连自尊心都弃之不要的）。可以说引诱他们犯罪的无疑就是这扭曲的自尊心。他们十分自恋和自负,自以为是天才、超人,看不起这个社会,完全不把警察放在眼里。自尊心堕落之后就转变成罪犯的虚荣心。拉斯柯尔尼科夫行凶后，在咖啡厅遇到法院书记官时，故意拿出那一沓钞票来进行炫耀。到了拉德克身上，这种心理更是变本加厉，有过之而无不及。有些更幼稚的罪犯甚至会给警局寄战书，也是这种心理所导致的。

但是，这些挑战心理，除了表面上的虚荣心之外，其实还隐藏着另外一种心理，即坦白冲动。写坦白冲动的最佳例子是爱伦·坡的短篇小说《反常之魔》。主要讲了一种难以抑制的奇妙的心理冲动，平时连想都不敢想的事，正因这种心理才想去做，正因为是坏事才要去做，正因为禁止做才要去犯禁。以及正因自首就会自取灭亡才要去自首的难以抑制的心理。可以说这两种心理兼而有之。就像站在令人头晕目眩的悬崖上，正因恐惧才无法抑制想要跳下去的冲动。《反常之魔》中的主人公，在人潮涌动的马路上，高声呼喊自己就是杀人犯，这估计连他自己都控制不了吧！

下面来讲一下极端藐视道德规范的例子吧！以范·达因的作品《主教杀人事件》中的迪拉德教授为例。在现实社会中，毫无道德节操的学者并不罕见，而在侦探小说中最具代表性的人物要数夏洛克的死敌莫里亚蒂教授。

《主教杀人事件》中的迪拉德教授更是把这种心理

演绎到极致。从数学、物理学和天文学上来看，这世界无边无垠，地球上的道德、人的生命等统统不值一提，教授那心理错觉便来自这不同于常人的认识。

范·达因借菲洛·万斯之口，对此心理作了如下说明。

数学学者以光年这一巨大的单位来衡量无限的空间，同时又以微米的百万分之一这一极小的单位来计算电子的大小。他们看待世界所用的是这种超乎寻常的视角，在他们眼中，几乎看不到地球和它的居民的存在。就算有一颗恒星有整个太阳系的数倍之大，这庞大的世界对数学家而言，也无非只是分秒间的琐事而已。银河系的直径，据沙普利的计算，长达三十万光年。而宇宙的直径则是银河系的一万倍。

然而这些也仅仅是初步的问题，是天文观测仪里观测到的平常事，高等数学家研究的问题更为广阔。现代数学的概念经常使人游离于现实世界之外，陷入纯粹思考的世界之中，生出病态的性格。比如希尔弗斯坦论述五次元、六次元空间的可能性，推定事情在发生之前便能预知……人如果沉浸在无限这一概念中，脑子就会出问题，这一点并不难理解。

当地球上的人类只是如尘埃一般的存在时，科学也就接近于虚无主义了。但当虚无主义者犯罪时，令人啼笑皆非的是其中一定会掺杂着与上述思想完全相反的原因。迪拉德教授虽然完全不受道德规范的控制，但他仍执着于个人名声这一微不足道的东西，为了维护自己的名声而不惜杀死许多人。他利用鹅妈妈童谣，按其中的顺序接二连三地杀死无辜之人。

侦探作家之中，除了构思复杂的谜题之外，也有人特别擅长刻画坏人。黑岩泪香可谓是这方面的天才，他在各部改编作品中，刻画出来的坏人形象更胜原著一筹。欧美的作家中，英国作家伊登·菲尔伯茨的作品是最为杰出的，他的《红发的雷德梅因家族》便是经典之例。其主人公也是一位完全不受道德观念约束的人，但他并不像拉德克、迪拉德教授那样犯罪活动进行到一半开始有了自暴自弃的心理，他自始至终都是坚定且目标明确的，一直都竭力避免罪行败露。因此他的诡计更加错综复杂，伴随着认真、积极的犯罪热情。

《红发的雷德梅因家族》中，真凶落网之后小说并没有结束，而有一封长长的坦白书，几乎是犯人麦克·佩迪恩在狱中所写的自传了，现摘录其中一节如下。

　　有良心的人，有悔意的人，因一时冲动杀人的人，纵使他们如何巧妙地隐藏罪行，终将失败，这一点是显而易见的。罪犯心中那丝悔意才是败露的开始。世上的愚蠢之人都难免有此失败，不过如我之人，对成功笃信不疑，毫无内疚之心，不容任何感情介入，以先见之明和周全的计谋行事，则毫无风险。这种人在犯案后，会体验到心中那庄严的喜悦，这份喜悦本身就是他们的酬劳，也是他们的精神支柱。

　　世上所有的体验当中，没有比杀人更刺激的！任何科学、哲学、宗教的魅力，都无法与这杀人重罪的神秘性、危险性以及随之而来的胜利的喜悦相提并论。在这重罪面前，其他罪行都只是小儿科。

但是，尽管如此，这位天才杀人犯在大侦探冈斯的智慧面前无所遁形，令人唏嘘不已。

　　这些罪犯，令人不可思议的是，他们往往是尼采的信徒。在拉德克身上虽然找不到任何痕迹，但是关于迪拉德教授和佩迪恩，作品中明显出现尼采的思想，佩迪恩同时还受德·昆西《作为高等艺术的谋杀》的影响。毫无疑问他以艺术家的满腔热情，把自己的一生奉献给了犯罪事业。

　　再者，我们不能忽视德拉克、迪拉德教授、佩迪恩的实验性杀人的心理。他们都对自己的能力深信不疑，想通过犯罪实验来验证自己的犯罪能力可实践到何种地步，于是把罪行放入试管中，尝试各种化学反应。自古以来，大部分的心理小说都是把人生放入试管。陀思妥耶夫斯基如此，司汤达如此，保罗·布尔热的《弟子》也是最经典的作品之一。小说的主人公确实地把恋爱放入试管中，从中生成了一起杀人事件，他成了嫌疑人。布尔热的这部作品与陀思妥耶夫斯基、斯特林堡的作品一起受到侦探小说家们的关注。因为侦探作家们也是在通过犯人实验他们的犯罪构想，更是要将犯人、犯罪、杀人等统统投进试管当中。

　　　　　　　　（原刊于《文化人的科学》昭和二十二年三月号）

第十二章

暗号的分类

在学生时代，我曾对暗号进行过分类，并刊登在大正十四年的《侦探趣味》上，也收录在昭和六年的随笔集《想当坏人》中。在此对其稍做补正，收录如下。

由于战争，暗号发展迅速，现在已经可以通过计算器进行复杂的排列组合了。随着机械化的进程，原本暗号中蕴含的睿智和乐趣荡然无存，不再适合出现在小说中了。在现代，暗号小说这一体裁已经消失不见了。

我收集的暗号小说仅有三十七例，按我自己的分类方法，大都属于"寓意法"和"媒介法"。通过这些例子，我们能够充分地领略暗号小说中蕴含的来自智慧的乐趣。下面的分类中，如没有标注作品数量的话，则说明该类别没有实例。

一、符板（符契）法

据普鲁塔克英雄传中的记载，古希腊斯巴达的将军们各自持有同样粗细的"密码棒"。棒子外面卷上皮革，在皮革交接处写上信息，然后送出。如果不把皮革卷在相同粗细的棒子上，接收方是无法判读信息的，这就是符板的原理。后面要讲的"窗板法"，原理也是一样的。

二、图表法（四例）

用像小孩子的涂鸦一样的图形来表示物体的形状或路径。勒布朗的《奇岩城》、甲贺三郎的《琥珀烟斗》等作品中，均运用到这种方法。乞丐、小偷向同伴发讯息时,会用粉笔等在路边的石头上或墙上画奇怪的符号,这些符号只有自己人才能明白其中的意思,这便是暗号的原始形态。除了犯罪同伙之间以外,花柳界的"手语"、军队里的"手旗暗号"都属于图表法。

图表法其实也是一种"略记法"。古代的学问僧简化汉字创造出特别的字符,现在的学生在课堂上做笔记时所使用的简略符号,都可以说是一种简略暗号。与此相似的还有称之为"图画暗号"的种类。M.P.希尔的暗号小说《S·S》、瑞典侦探作家海勒的长篇《皇帝的旧装》中都使用过。现实中间谍也会使用这种暗号,看起来像是一幅蝴蝶的写生图,实际上翅膀的纹路就是地图。

三、寓意法(十一例)

日本古代咏唱恋爱的和歌、儿岛高德的樱树之诗、欧美的猜谜诗等,自古以来就不乏有寓意的暗号。暗号毫不死板,需要聪明才智才能编出或解开。这在侦探小说中经常可以见到。爱伦·坡的《金甲虫》中,暗号的后半部分即需要解出其寓意,黑岩泪香改编的《幽灵塔》

中的暗号咒语更是最合适的例子。此外，我收集到的例子还有柯南·道尔的《马斯格雷夫礼典》、卜斯特的《大暗号》(日译题目为《乔巴内的冒险日记》)、本特利的《救命天使》[1]、M.R. 詹姆斯的《托马斯修道院院长的宝藏》、欧·亨利的《卡洛维的暗号》、塞耶斯的《龙首探奇》、玛格瑞·艾林罕的《白象事件》、H.C. 贝利的《紫罗兰花园》、本特利的《和气的船长》。

四、置换法（三例）

通过字、词、句非同寻常的排列组合来掩人耳目的方法。分类如下：

（一）普通置换法（一例）

倒写法。"面"(发音为 TSURA)写成 RATSU，"種"(发音为 TANE)写成 NETA，"鞄"(发音为 KABAN)写成 BANKA 诸如此类。[2]在之前那些不太成熟的暗号小说中，

1 　E.C. 本特利（1875—1956），英国著名作家、诗人。这里提到的篇目应为 *The Ministering Angle*，日译书名为『救いの天使』，乱步原文写为『救いの神』，应为笔误。

2 　此句中的"面""種""鞄"均为日语中的汉字写法。

通过倒写假名的方法来传达信息，不过现在一时想不起例子来。长期以来也有下面的方法：如用字母 B 代替 A，日语的话，则用いろは中的ろ代替い即字母或假名均顺延一个位置。[1]

横断法。相同间隔排列的几行文字，如果是英语就竖着读，日语横着读，连起来读就会产生一定的意思。欧美也有使用这种暗号的小说，拙作《黑手党》中的部分暗号也属于这一类。

斜断法。斜着读排列的文字而得出传达的意思。

（二）混合置换法

不像上面说的那样按一定顺序来解读，字、词、句看似杂乱无章，实则可以根据双方约定的法则和规律，不管如何复杂也可以破解。词语的混合置换法，因阿盖尔公爵在詹姆斯二世谋反时使用过而名声大噪。

（三）插入法（二例）

在所要的字词句之间，插入毫无意义的字词句，隐藏想要传达的信息的方法。

柯南·道尔《"格洛里亚斯科特"号三桅帆船》中

---

1 いろは是日语中用来标注顺序的一种方法。

的暗号相当于词语插入法。从"The supply of game for London is going steadily up"中可以提取出"The game is up",其他的词语都是干扰因子。如果包含插入词在内的整个句子也具有一定意思的话,就更加理想。句子插入法也一样。柯南·道尔的《希腊译员》在会话中插入需要的希腊语,相当于句子插入法,但是整个句子并没有一定的意思。

(四)窗板法

该方法中最简单的也可叫作插字法,但与上述插入方法有所不同,在此简单说明一下。在方形的厚纸板上画好横竖的线条,如同稿纸的小方格一样。然后任意挖去一些方格,形成若干个窗口。接着在下面铺上一张纸,在窗口里依次填上需要的字。然后拿走上面的窗板,在所需要的字与字之间填上任意的字。拥有相同窗板的人,在收到信函之后,把窗板放在上面就可以读取信息了。没有窗板的人根本就看不懂是什么意思。这就是最简单的窗板法。

还有复杂一些的方法。在窗口中填上字之后,将窗板按顺时针或逆时针方向转动四十五度(挖方格时要注意，以免转动之后将已经写好的字露出来），再在窗口中填写后面的字。这样总共转动四次，窗口不断出现，就可以填入四倍量的文字。最后，在空白之处填上任意字词就可以了。收到信函的人，也只要每次转动窗板四十五度就能依次读取信息了。除此之外，还有圆盘窗板法。由于圆盘无法像方板一样精确地转动四十五度，这时候考验的就是旋转的功夫了。

五、替代法（十例）

暗号书中说："暗号大致分为两类，即 transposition 和 substitution。"transposition 就是我所说的置换法，而 substitution 就是替代法。这两种无疑是重要的暗号方法，尤其是替代法。近代机械式的暗号都属于这类。替代法指的是用其他的字词句或数字、图形等代替原来的信息而不被他人识破的方法。破解时大多使用双方共知的密码（keyword）。

（一）简单的替代法（七例）

1. 图形替代法（二例）

点替代法：电信符号、盲文等都是按照这一原理。间谍在用暗号通讯时经常使用摩斯密码。

线条替代法：由古代的查尔斯一世发明。全部由线条来表示意思。

Z字法也属于这一类。先在纸上写上一排字母，在字母下方放上一张纸，对应需要字母的位置在纸上从上往下画Z字形标记。拥有相同间隔的字母表纸片的人，只要放上去就能够读取其中的意思。

图形替代法：爱伦·坡的《金甲虫》和柯南·道尔的《跳舞的人》都属于图形替代法。被称为"共济会暗号"的ᘰ这样的写法也属于这一类，其中的每个图形都代表了一个字母。

2. 数字替代法（二例）

用一个数字或多个数字来代替一个字母（如用1111代替A，1112为B，1121为C）。安东尼·魏恩的长篇小说《双重十三》中就使用这种暗号。反过来也有用字母来代替数字的。从文章中挑出老式时钟刻度盘上的罗马数字 IVXLCM，把它们排列在一起的话，就是保险箱的密码。这是弗里曼的短篇小说《密码锁》中使用的方法。

3. 文字替代法（三例）

也可以用其他字来代替原文中的字，如韦伯斯特的短篇小说《奇异密码的秘密》中，用一个字母来代替另一个字母。莉莉安·德·拉特尔的短篇小说《被盗的圣诞盒子》中则使用了较为复杂的文字替代法，用 aabab 来代替 F。此外，阿尔弗雷德·诺伊斯的《赫亚信斯伯父》中使用了词语替代法，用 Bon voyage 代替 U-boats。在日本，有时候会以开玩笑的方式读汉字发音，用在暗号中的话，就能够表达其他的意思，英语中也有相同的做法。这很好玩，如 ghoti，便是 fish 的意思。这是为什么呢？ gh 是 enough 的"f"音，o 是 women 的"i"音，ti 则是 ignition 的"sh"音，连起来读就是 fish 一词。

（二）复杂的替代法（三例）

1. 平方表式暗号（一例）

像前面提过的那样，将字母表写在一行里，第一行从 A 开始，第二行从 B 开始，第三行从 C 开始，以此类推，字母按顺序随着行数逐一推进，多达几十行，最终形成字母的"平方表"。在平方表第一行的上面横着写上正序的字母表，在平方表的左侧，再竖着写上一列字母表。以横竖排的字母来制作暗号。（在暗号史上，平方表式以发明者法国的布莱斯·德·维吉尼亚命名，称之为"维吉尼亚密码"。）

暗号由三部分组成，分别是：用于通讯的原文（clear），密钥（key）和形成的暗号（cipher）。在字母平方表的旁边，放上写着原文和密钥的纸片。如原文 ATTACKATONCE（直接进攻的意思），密钥为CRYPTOGRAPHY（暗号的意思），从平方表上方的横排字母中找出原文中的第一个字母 A，当然就是第一行的 A。然后是密钥中的第一个字母 C，从竖排字母中找出，它位于第三行。从上方的 A 开始画一条垂直线，与 C 所在的行相交之处的字母就是暗号的第一个字母。第三行起始的字母是 C，所以暗号的第一个字母就是 C。接着从横排字母中找出原文的第二个字母 T，从竖排的字母中找出密钥中的第二个字母 R，相交之处的字母就是 K，那么暗号的第二个字母就是 K。这样，在暗号中，代替 A 的并不总是 C，有时候是 P，有时候是 G，破解起来非常困难。这样一来,根据英文字母的使用频度表,推算暗号中使用频率最高的字母为 E 这一方法就无法使用了。用数字平方表来代替字母平方表的话，暗号就全是数字。对其他人来说，破解会非常困难，但只要知道密钥，按照上面的方法逆推就可以了，是很容易的。现代的机械化暗号，只是极其复杂的平方表式暗号而已，与其说是平方表式，或许应该说它们已经是立方表式暗号了。以前的暗号是直线型暗号，现在我们讨论的是平方表式暗号，使用计算器生成的暗号应该就可以叫作立方表式暗号了吧。在塞克斯顿·布莱克的侦探论中，我曾看到过平方表式暗号的简易版本，看来它很早就有了。

2. 计算尺暗号（一例）

原理和平方表式暗号是相同的。工程师使用的是计算尺，就有了计算尺暗号法。首先用厚纸剪出两片尺子一般的长条状纸板（也可以使用赛璐珞或其他材料），一片上写上字母 A—Z，另一片重复写两遍字母表，长度也是前者的两倍。前者称为"索引"（Index），后者称为"游标"（Slide）。将两片纸板并排放好，固定前者，而后者则可以左右滑动，密钥是定好的，只需从"游标"

中找出密钥的第一个字母，再将这个字母滑到"索引"的第一个字母 A 的下方。

接下来从"索引"中找出通讯原文的第一个字母，位于该字母下方的"游标"中的字母就是暗号的字母。按照这方法依次将所有原文变成暗号。接收方也要准备相同的计算尺，按照与上面相反的步骤就能解码。海伦·麦克罗伊女士的长篇小说《恐慌》中使用了这种方法，并有详细的说明。

3. 圆盘暗号法（一例）

正如有圆盘计算尺一样，也有圆盘暗号尺。原理是一样的，双重圆盘一圈为"索引"，另一圈为"游标"，只不过不是左右移动，而是以转圈的方式进行操作。埃尔萨·巴卡的短篇小说《米歇尔的钥匙》中就使用了这样的圆盘暗号。

4. 自动计算器的暗号

现在已经广泛地应用于军事和外交之中。原理可能已经不是平方表式，而是立方表式。有时甚至会使用"随机数表"。但这种方法没法用在以智慧和推理为卖点的暗号小说中。

六、媒介法〔九例〕

通过各种媒介传递暗号。侦探小说中常用媒介来传递暗号，因为它充满智慧。

打字机上的符号和数字经常使用同一个键，听说以前符号和字母也曾在同一个键上。因此可以用符号来表示数字和文字，只要明白媒介是打字机，就能马上破解。之前曾看过马奇蒙特的长篇小说《霍德雷氏的秘密》，就使用了这种方法。

把书的页码、行数、第几个字这三个数字排列在一起，只要对方也有这本书，马上就能破解。常用的有《圣经》和著名的小说。柯南·道尔的《恐怖谷》使用年鉴，克劳夫兹的《伟大的弗伦奇探长》中使用股票证券，阿加莎·克里斯蒂的短篇小说《四个嫌疑人》使用花店的目录，鲍彻的短篇小说《QL696C9》用的是图书馆的图书分类表，柯南·道尔的短篇小说《红圈会》用到了三行广告。

《红圈会》使用火光信号来传递信息。帕西瓦尔·王尔德的《火柱》，在黑暗中利用香烟的火光发出摩斯密码。

勒布朗的短篇则利用镜子反射阳光,在窗户之间传递信号。拙作《二钱铜币》以盲文为媒介,也可算作这一类别。

最为奇特的是古希腊的希罗多德在《历史》中讲到的逸闻,以人为媒介。战争中派遣密使,因为书信往来十分危险,所以伪装为了治疗奴隶的眼疾,将其剃成光头,在头皮上纹上信息,等头发长了之后再送到军中,剃去他的头发就能看到信息。

此外,秘密通信还可以使用隐形墨水,通过火烤显出文字来。音乐替代法,利用乐谱作暗号,用绳子或袋子的结来充当暗号,用上古文字当作暗号,诸如此类。

(摘自《宝石》昭和二十八年九、十月号《诡计分类大全》)

第十三章

魔术和侦探小说

与魔术密切相关的高深学问和技术有三种。第一种是占据民族学核心地位的巫术，民族学是研究散见于古代史中原始部落的巫术、咒物崇拜的学问，与魔术渊源颇深。第二种是在神秘学中占据核心位置的魔术，虽然不是正统的科学，但在神秘主义者看来，也是一门学问，它研究所有的魔术现象。第三种是变戏法层面上的魔术。

民族学的魔术和神秘学的魔术，研究方法虽然大相径庭,但在很多内容上都是重合的。它们都有咒法、咒力、咒符、护身符、占卜、咒物崇拜、巫医等。不同点在于,民族学是客观地进行观察和研究的纯科学,而神秘学的研究几乎就是宗教信仰(说得不好听一点就是迷信)。

民族学最重要的研究对象是现存的原始部落,而神秘学则几乎不关注这些。古时候,神秘学被视为宗教和科学深受重视,到了现代,则被科学和宗教排除在外,只是非合理的信仰或学问(其实也是有一些进步和发现的)的集合体而已。

魔术(戏法)在现代已然成为一种舞台艺术,但它的起源与民族学的巫术、神秘学的魔术并无多大的区别。古代史上原始部落里的巫术、巫医等从某种意义上讲就是魔术。基督教《圣经》中发生的奇迹,有时候都可以解释为是魔术。追根溯源,魔术起源于古代的原始巫术,与所有伪宗教的骗术、中世纪的巫术和炼金术有着千丝万缕的关系。《日本书纪》中记载的来自大陆东渡扶桑的咒师们既是巫医,又会表演曲艺魔术。流亡难民能操纵木偶进行表演,还有中古时期的放下僧们[1]等,都是

---

1 放下僧:日本室町时代(1336—1573)中期以后,在民间表演曲艺的僧人。

日本魔术、曲艺的祖师爷。

但是，现代的魔术不同于民族学的研究对象或神秘学的信仰，毫无神秘巫术的性质。它有时故作神秘以引发观众的好奇心，但从技术层面上来说，它绝对未偏离理性主义。虽然起源相同，但神秘主义者只谈论超科学的现象，魔术只限于科学的手法。魔术与巫术毫不相干，它是近代理性主义的产物，失去了古代神秘的魅力，这也是事实。

在有名的印度魔术中，有一个魔术在旅行者的游记中流传很广：抛到空中的绳子会竖起来，少年可以沿着这条绳子攀爬到高空。我看过的魔术书中都提到这个例子，但都未说明其中的诡计，或许只是个传说吧！从这里我们就可以看出神秘学和魔术的区别。另外一些印度魔术，比如在观众眼前，芒果种子发芽、茁壮成长、开花结果；人埋在地下几十天依旧生还等，这些在魔术书中可以找到个中奥妙，解释得通，也是可能的。

与此相关，在神秘主义的书籍中记载着一个极其不可思议的现象。1898 年，在印度的某座城市，英国人正在拆除一座古庙里的塔，进行作业时，在塔下发现了一具石棺。英国工匠命令印度僧人打开石棺，只见石棺内躺着一具类似木乃伊的尸体。他们问僧人这是否就是木乃伊？僧人摇着头回答说，他并未死，只是进入深层睡眠而已。工匠马上表示怀疑："这怎么可能？"僧人充满自信地答道："绝不是胡说。我们印度人就拥有这样灵力，即使长埋于地下，也不会死去。不久你们就会明白的！"几天后，为了唤醒死者，僧人们开始庄严地诵经，长达十二小时之久。结果石棺中的木乃伊竟然复活了，一周后，就同普通人一样，恢复了健康。通过石棺内封存的纸莎草文书，可知他已长眠达二十二个世纪之久。两年之后，这位来自古代的长眠者召集人群，当众拿出一根长绳，把它高高地抛到空中，绳子马上直立如杆，他就顺杆而上爬到高空，然后消失不见了。此外，神秘主义大师伊利·斯塔的著作《存在的神秘》中举了许多很有意思的例子，因篇幅所限，在此略过。

侦探小说在某种意义上就是魔术文学，毫无疑问与三种魔术都有关系。侦探小说集合了神秘主义和理性主义这两大元素，文中的案件总是曲折离奇，富有神秘性，伴随着超自然现象，不过结局一定是滴水不漏的理性解释，这才称得上理想的作品。民族学、神秘学和神秘主义，魔术和理性主义，有着密不可分的关系。

民族学暂且按下不表，而关于魔术和侦探小说之间的关系，其实我也有很多感想，因篇幅所限，改日再来细谈。现在来谈一谈神秘主义和侦探小说之间密不可分的关系。

神秘主义现在在欧美十分盛行。它可以分为好多种，有的层次较高，比较严肃些，有的则类似于市井坊间的卜卦算命。相关的书籍也不计其数。在通俗杂志上，最常见的便是集邮的目录和神秘主义书籍的广告。在欧美，理性主义流行的同时，神秘主义也根深蒂固地存在着，这一现象值得我们深思。1912年，神秘主义者阿尔伯·卡耶完成巨著《神秘学书目》，共三卷，每册六百多页，收录了一万两千多条神秘学书目及解释，当然其中没有包含低俗之物。

罗列的神秘学所包含的主题，除了占星术等与占卜相关的主题之外，常见的有属于低级魔术的巫术、恶魔学、吸血鬼、死者现身、黑魔术、所有的符咒、所有的护符、魔杖、魔书、魔镜等。高级魔术有炼金术、神秘哲学、神秘数学、神秘语言学、塔罗牌等，此外还包括所有的心灵学，即降灵术、奇迹研究、心灵磁力、催眠术、巫医（神秘医术）、心灵感应、千里眼、双重人格（分身现象）、梦游、附身等等。

正如前面所说，神秘学上的各种主题经常赋予侦探小说神秘的色彩。最有名的神秘主义作家，在日本当数小栗虫太郎，在欧美则是迪克森·卡尔吧！但这两人有着根本性的差异。小栗虫太郎因为过度沉溺于神秘主义，动辄抛开理性主义而陷入非理性的泥淖之中不可自拔。卡尔只是利用了神秘学，解谜时还是会按照常人的理论进行推理。就推理小说而言，卡尔更胜一筹。如果就天赋来说，小栗虫太郎会更出色些。

小栗虫太郎的作品中充斥着神秘主义的色彩，这一点众所周知。下面我就卡尔的几部作品进行说明。

1934 年的作品《宝剑八》中，被害人身边放着一张塔罗牌，是宝剑牌组的第八张，这给作品增添不少神秘性。卡尔在该作品中并未对塔罗牌做详细的说明。根据其他神秘学书籍中的简要说明，塔罗牌种类繁多，有埃及塔罗牌、印度塔罗牌、意大利塔罗牌、马赛塔罗牌、吉卜赛塔罗牌等等。卡尔在作品中使用的是流传最为广泛的起源于埃及的艾提拉塔罗牌中的小塔罗牌，"宝剑八"是其中的一张，牌上画着按车轮状排列的八支剑，中间有一横线表示水面。在占卜时，这张牌象征着平均分配财产、遗赠、少女、矿物等。

塔罗牌既可以像普通的扑克牌那样玩，也能用于占卜算命。塔罗牌最早的意义已经很难考证了，但仍然有许多学者就此发表了自己的观点。简言之，它类似于周易的占卜工具，象征着理念和法则，全宇宙都浓缩在这七十八张牌中。各张牌上都画着独特的象征画（如伊戍拉透特塔罗牌中的其中一张，画着一位单脚倒吊在树上的人，类似于宗教审判中的拷问）和文字、数字，与神秘哲学、神秘语言学、神秘数学相关，象征着宇宙的真理，兼具暗示改变、预言命运的功能。

1935 年的作品《瘟疫庄谋杀案》中，心灵术者和灵媒少年是主人公，心灵实验的场面占了全书的大部分。同时在该作品中，用于杀人的密室，竟然是一栋鬼屋。这是卡尔众多作品中最具神秘色彩的。

1937 年的作品《孔雀羽谋杀案》描写了用于犯罪的神秘宗教。神秘仪式用了十只咖啡杯和孔雀羽模样的桌布。

1939 年的作品《警告读者》中的主人公是一位读心术大师，他是一位混血儿，身上流淌着非洲原始部落巫医的血液，宣称可以用超自然的心灵力量进行远距离杀人。就像他预言的那样，离奇的杀人事件接二连三地发生，全文充满独特的神秘色彩。但是真相并不神秘，杀人诡计是非常合理的物理方法。正如题目所示，作者只是尝试着写挑战性的侦探小说而已。

其他作品如《魔术灯谋杀案》主要讲因自我催眠而引发的心灵感应，而自我催眠的方法是凝视光点。《青铜神灯的诅咒》讲述了因挖掘埃及古墓而受到诅咒人间蒸发的奇事。《三口棺材》中有魔术研究者、吸血鬼传说和黑魔术。《夜行》中则谈到最为怪异的附身——狼人。《弓弦谋杀案》中涉及古代铠甲护腕的神秘飞行。《唤醒死者》则描述神秘的死者现身。

当然，不仅卡尔和小栗虫太郎，在爱伦·坡（《金甲虫》）、柯南·道尔（《魔鬼之足》及其他）、柯林斯（《月亮宝石》）之后，大多数侦探小说多少都会带些神秘色彩。只要侦探小说不抛弃神秘性这一元素，那么就可以说它依然与神秘主义有着密不可分的关系。

关于侦探小说和神秘学的关系，还有一点不得不提，即柯南·道尔和心灵学之间的关系。

十多年前，我曾大量阅读奥利弗·洛奇、弗拉马里翁等人写的研究心灵学的名著，其中就有柯南·道尔写的关于灵异照片的著作。我虽然对死后的世界、与其他世界的交流等很感兴趣，但始终无法相信他的试验方法，即那些灵异现象，如黑暗中可以听到死者的声音、死者现身、桌子悬在空中、照片的底片中出现亡灵等。

比起这些，我觉得后来看到的美国大魔术师胡迪尼揭露灵媒的真相更有意思。

胡迪尼有时宣称灵媒能够做到的，自己也能够做到。柯南·道尔看了之后，发表论文称胡迪尼是优秀的灵媒师（收录在其最后的著作《未知世界的角落》中）。之前我看不起柯南·道尔的心灵信仰，更欣赏胡迪尼的理性主义。直到最近，我读了他晚年的好友神学博士约翰·拉蒙德的《追忆柯南·道尔》后，多少明白了一些柯南·道尔的真实想法，不再像以前那样笑话他那独特的信仰了。

柯南·道尔的心灵研究绝非无所事事的老人的怪异

嗜好。他相信存在着其他的世界，这并非人到晚年后的心血来潮，早在三十年前他就对该问题抱有疑问。在创作侦探小说的同时，秉着怀疑的精神，广泛涉猎古文献，一直进行着研究。到了晚年他终于不再怀疑，而坚信其他的世界是存在的。一旦相信，他便以非凡的热情投入这一新思想的推广中去。他既是新宗教、新哲学的信徒，又是该运动的指导者。

为了阐明该信念，他共写了十二本相关方面的专著，并不断给报纸杂志投稿，稿件不计其数。欧洲各国就不用多说了，他甚至亲自前往美洲、非洲大陆，以高涨的热情进行巡回演讲。还上广播节目宣传，灌制演讲磁带，最后仿照《圣经》销售店，自己经营了一家专门销售心灵学书籍的店铺。有时候只着单衣薄衫，不顾老弱之躯，站在店门口推销。如有订单，还亲自出门送货。作为先驱者他为该运动奋斗不已，最终因过度劳累而与世长辞。

从中我看到的并不是年老昏聩的柯南·道尔，而是为拯救人类的使命奋斗不止的热血汉子。

（原刊于《新青年》昭和二十一年十月号）

追　记

　　与魔术渊源深厚的侦探小说中，除了卡尔的作品，还有在《密室诡计》中提到过的克莱顿·劳森的作品。他笔下的主人公侦探是大魔术师马里尼。其实不容错漏的还有一位更早的魔术作家，他就是美国的格雷特·伯格斯，他的短篇作品集《神秘大师》中的阿斯特罗侦探是一位神秘主义大师。他主要从事看手相、占卜的工作，穿着东方的奇装异服，可以通过水晶球算命。虽然他宣称可以通过占卜得知犯人，但实际上他破案解谜时的推理十分合理，闪烁着智慧的光芒。

　　伯格斯的这部短篇小说集于 1912 年匿名出版，魔术师伯格斯以暗号诗的方式把自己的名字藏到标题当中。让我们按顺序来看一下书中二十四则短篇小说的标题的首字母吧！排列起来就是 "THE AUTHOR IS GELETT BURGESS"，而把最后一个字母连起来的话，就是 "FALSE TO LIFE AND FALSE TO ART"，可以说在魔术师奎因之前已有先驱者。

　　　　　　　　　　（昭和二十二年四月二十日）

第十四章

明治的指纹小说

去年九月号的 *Queen's Quorum* [1]（按时间顺序收集了自爱伦·坡以来最具代表性的短篇小说，并附有解说）提到侦探小说史上最早涉及指纹的作品：赫伯特·卡迪特的《报社记者的冒险》（1900 年）。

奎因在解说中说道：“任何一本侦探小说史、侦探

---

[1] *Queen's Quorum* 首次出版于 1951 年，奎因精选了 106 部对推理小说发展具有重要意义的短篇推理小说。由本文写作时间为昭和二十五年（1950年）来看，乱步可能先在杂志 *EQMM* 上读过该文。

小说论，哪怕是注解中都没有提到过该书的主人公侦探比弗利·格雷顿。……该书的第一则短篇《指纹线索》（*The clue of the Finger-Prints*）是最早提到通过指纹鉴别犯人的作品之一。一般我们认为最早的指纹小说是弗里曼的《红拇指印》（收录在改造社《世界大众文学全集》第六十卷中，日译本书名为《桑戴克博士》），比卡迪特的作品晚了七年。此外，还有很容易被侦探小说迷们忽视的更早的作品，如马克·吐温《密西西比河上的生活》（1883 年）中的第三十一章第一节，还有他的长篇 *The Tragedy of Pudd'nhead Wilson*（1894 年，同样收录在改造社《全集》的第十卷《马克·吐温名作选》中，书名译成了《傻瓜威尔逊》），都写过通过指纹发现犯人。"

这么看来，世界上最早的指纹侦探小说是马克·吐温的作品。在《密西西比河上的生活》和《傻瓜威尔逊》之间，日本也有指纹侦探小说出版。不过并非严格意义上的指纹，而是通过整只手的纹路进行鉴别的，不仅包括看手相时的掌纹，还包括了五个手指的指纹，以此来找出真凶。

这就是英裔讲谈师、落语家快乐亭布莱克的演出作品速记本《幻灯》。[1] 马克·吐温的《傻瓜威尔逊》出版于1894年（明治二十七年），而《幻灯》比它早两年，即明治二十五年出版发行。日本于明治四十二年（1909年）实施了指纹法，早在其颁布十七年前，就有侦探小说通过指纹或手纹来抓捕罪犯，单是这一点就值得充分重视。

在讲《幻灯》之前，先来看一下指纹法实施前鉴别罪犯的历史。在众多的参考书中，我参考了《犯罪科学全集》（武侠社，昭和五年）第十二卷古畑博士[2]执笔的《指纹学》和《百科全书·美国卷》中关于指纹的解释（最新版《大英百科全书》中关于指纹的条目说明不太细致），并制作简单的年表。此外，为了对照指纹法实施的年份和指纹小说出版的年份，我会在其中插入早期的指纹侦探小说，特以〇标出。

* 1686年，意大利博洛尼亚大学教授马尔皮吉从解剖学的角度发表了有关指纹的研究成果。

1　讲谈：一种类似评书的曲艺。艺人坐在小桌前，边敲打手里的扇子边讲故事。落语：日本的传统曲艺形式之一。起源于三百多年前的江户时期，无论是表演形式还内容，都与中国的传统单口相声相似。"快乐亭"为讲谈师、落语师的序号，会由师傅传给弟子。这里提到的是初代快乐亭布莱克，本名为 Henry James Black。速记本特指记录落语、讲谈演出内容的出版物。

2　即古畑种基博士，法医学家，曾任科学警察研究所所长，负责科学搜查方法的研究。

＊ 1823 年,德国布雷斯劳大学(即弗罗茨瓦夫大学)教授普金涅发表了解剖学意义上的指纹分类。

＊ 1880 年, 英国人福尔斯博士在日本东京筑地医院工作时, 在英国《自然》杂志 (1880 年 10 月 28 号)上发表研究论文, 主张可以通过指纹鉴别犯人, 这是首次有人提出可以用指纹鉴别罪犯。

＊ 1880 年, 英国人赫谢尔在担任印度班加罗尔民政官期间, 将指纹用于防止文书伪造、囚犯的鉴定等。他在此基础上, 写成研究论文, 发表在《自然》(1880年 11 月 22 日号)上, 仅比福尔斯晚了不到一个月。

＊ 随后不久, 英国的遗传学家高尔顿 (达尔文的表弟) 从学术上论证了每个人的指纹都不相同, 而且一生不会改变的事实, 并发表分类方法。

○ 1883 年,马克·吐温《密西西比河上的生活》出版。

○ 1892 年 (明治二十五年), 英国人布莱克 (快乐亭布莱克早期艺名) 表演的《幻灯》速记本出版。

○ 1894 年, 马克·吐温《傻瓜威尔逊》出版。

○ 1900 年, 卡迪特《报社记者的冒险》出版。

＊ 受高尔顿研究成果的鼓舞, 为了将指纹应用于

罪犯鉴定，英国设立了一个委员会。亨利从印度警察局局长调任伦敦警察局局长，是该委员会的核心成员。

　　* 1901 年，该委员会采纳亨利发明的亨利式指纹分类法，并于当年在英格兰和威尔士实施。当今世界上超过一半的国家和地区采用这种分类法。

　　* 1903 年，早在 1882 年，美国的汤普森在新墨西哥将指纹用于防止公文伪造。不过由于司法上的原因，直到 1903 年才在辛辛监狱创建了犯人指纹库。那以后的几年间，亨利式指纹分类法普及到全美国。现在 FBI 的指纹库中保存着六千五百万人的指纹，其中包括海陆空军人，其数量之多位居世界第一。

　　* 稍晚于英国的亨利式分类法，德国汉堡警察局局长罗谢尔博士发明了罗谢尔式（又称汉堡式）分类法，德国及其殖民地均采用了这一分类法。

　　* 同时，阿根廷的指纹学家胡安·沃塞西奇也发明了独立的分类法，西班牙及其殖民地各国均采用这种方法。

　　○ 1905 年，柯南·道尔《福尔摩斯归来》出版（其意义稍后再述）。

　　○ 1907 年，弗里曼《红拇指印》出版。

　　* 1908 年（明治四十一年），日本司法部设立罪犯鉴定调查委员会，并于同年 7 月 24 日决定采用德国的罗谢尔式分类法，于次年，明治四十二年（1909 年）实施。

　　* 1912 年（明治四十五年），在警察厅设立了指纹科。

　　接下来先说一下 1905 年柯南·道尔《福尔摩斯归来》中的两篇作品。其中一篇是《诺伍德的建筑师》，讲述了犯人把假的指纹按在墙壁上嫁祸于人的故事。方法其实很简单，利用留在封蜡上的拇指指纹，将其他的蜡压在封蜡上，获得指纹模，涂上血然后按到墙壁上。顺便提一下，文中使用的是 thumb-mark，而非现在通用的 finger-print。

　　另一部作品《修道院田庄的冒险》中，犯罪现场留有三个杯子，制造曾有三人在那喝酒的假象，而福尔摩斯推理说其实只有两人。不过从这个推理来看，有酒杯这一绝佳的道具，但完全没有用到指纹，从书中描写看来福尔摩斯似乎对指纹鉴定一无所知。

　　上面两篇作品的发表年份，我不得而知，不过从中可以得知，1905 年书出版时，指纹的应用尚未普及。两年后出版的弗里曼《红拇指印》中对于伪造指纹的描述已经比较科学了，当时苏格兰场指纹科的作用也得到大家的承认。

我虽然没有看过奎因强烈推荐的卡迪特的作品，但正如篇名《指纹线索》所示，还是应该加以重视的。早年马克·吐温的作品《傻瓜威尔逊》日译本中使用"指纹"一词，由于我手头没有原著，无从考证，所以求教于译者佐佐木邦先生。不巧的是，他弄丢了原著，不过特意帮我给神户的"马克·吐温通"西川玉之助老先生（八十七岁）写信讨教。西川老先生寄来详细的回复，指出原著中用的是 finger-prints 一词。

《傻瓜威尔逊》刻画了特立独行的威尔逊，他乐此不疲地收集邻居们的指纹，收藏在玻璃板上。那时世人完全不知道指纹可以用于身份鉴定，都嘲笑他，认为他是个怪人。出乎意料的是指纹竟然成了指认案犯的决定性证据。那个年代，人们基本上没有听说过指纹鉴定。小说的创意十分新颖，这一创意也出现在侦探小说中，因此在侦探小说史上我们绝对不能遗漏马克·吐温的作品。

在东京出版的《幻灯》，发表时间比《傻瓜威尔逊》还要早两年。有意思的是，提出指纹学的是住在日本的英国人。如前面的年表所示，世界上最早主张将指纹用于身份鉴定的是当时在东京筑地医院工作的英国人福尔斯博士。下面引用古畑博士在《指纹学》中的叙述。

说一下现在使用的指纹法在日本确立的过程。明治十一年（1878 年）来筑地医院工作的英国医生亨利·福尔斯，发现出土的日本石器时代的土器上留有指纹，同时他对日本自古以来把手印，如爪印、拇指印、手形等，按在证明文书上这件事很感兴趣。经过不断地研究，他想把这种方法应用到身份鉴定中，便向英国科学杂志《自然》投稿，文章被录用，刊登在明治十三年（1880 年）十月二十八日号上。

（在古畑博士的文章中，福尔斯是明治十一年（1878 年）来日本工作的，但据平凡社《百科事典》"指纹"一项仁科氏的解释，明治七年（1874 年）到明治十九年（1886 年）期间，他都在日本工作。）

言归正传，我们来谈一下快乐亭布莱克的《幻灯》。首先简单地说一下故事梗概。在伦敦经营着私人银行——岩出银行（沿用黑岩泪香的方法，把英国的名称日本化）的银行行长，路上偶遇一位乞讨的少年，被他的正直所感动，便收留了他，送他去念书，并把他留在银行工作。这位少年天资聪颖，长成青年后仪表堂堂，为人正直诚恳，可以说是前途无量。

银行行长有一位女儿待嫁闺中，她对青年深有好感，如果可以的话，青年也想娶她为妻。行长发现他俩暗通款曲，可他并不想把女儿嫁给曾经的乞丐，便痛斥了青年一顿。但是青年仍不死心，行长只好解雇了他。然而几天之后，行长在办公室里被人杀害，首要嫌疑人当然就是这位青年。当他正想坐船从利物浦港逃跑时，被捕入狱。

就在此时，行长的弟弟，一位律师出现了。这位有名的业余侦探开始调查这桩杀人案件。犯罪现场的桌子上有一张白纸，上面清晰地留着犯人的血手印，这是唯一的证据。但由于当时还不知道可以进行指纹鉴别，所以警方没有调查指纹。不过，死者弟弟即律师曾经看过指纹的相关资料，知道指纹可以用于身份鉴定。下面是原文，一字未改，只是加了标点。

　　律师看了探长给的留在白纸上的血手印之后说：
"听说你们不把它当作证据，可是在我看来，这是非常
重要的证据啊！有了它就可以抓到真凶。四五年前，环
游世界时，我曾在中国、日本有过短暂的逗留。这两个
国家不同于英国，同意文书内容时必须要使用印章。在
拓板或金银器上刻上自己的姓名，然后沾上印泥盖在文
书上姓名的下方。有时候不用印章，而是在拇指上涂上
墨按在姓名下方，这称为拇指印。平时使用的印章比较
麻烦，因此在接受即时调查取证时，采用的必定是拇指
印的方法。在中国，应征入伍时，要将整只手涂黑，在
入伍同意书上盖上手印。如有士兵逃跑，就可以根据手
印找到他。怎么有如此匪夷所思之事？拇指印为何人所
按从未被视作证据，即便让士兵在同意书上按下手印，
又如何有助于找到其藏身之处呢？究其原因，这习惯自
古有之，人的手纹、皮肤的纹样，每个人都不一样，比
较百人、千人的，都不会相同。因此，无论如何都无法
弄虚作假，比起印章来确实可靠。有时沾上血按下手印，
手形、皮肤的纹路等纤毫毕现。如以此为证据仔细调查，
我相信一定马上就能找到凶手。"

于是他说服了警察，命令所有的家人和仆人在纸上按下手印，再与血手印进行比对。比起肉眼看，用幻灯机放大后，观察效果会更加理想，因此准备了两台幻灯机，在警察和相关人员在场的情况下进行了验证。当时使用的是真实的幻灯机，由于在当时的日本极为罕见，因此布莱克以很长的篇幅进行了说明：

        幻灯机有好几种。先把字写在玻璃板上，夹在托盘上，然后映射到白纸或墙壁上。学校里常用的便是这种，不过这种幻灯机只是玩具而已，对学术研究毫无帮助。相比之下，显微镜的用处要大得多。细微的东西，放到显微镜下，就能放大好几倍。有一种昂贵的幻灯机，效果比显微镜的更加清晰明了，这是学者专用的。还有的幻灯机，把照片、明信片等不透明的东西放到托盘上，上面的文字也会显露无遗。今天岩出竹次郎（律师的名字）带来的就是这种幻灯机。

实验的结果，让真相大白，真凶是银行的工作人员，最终青年和行长的女儿幸福地步入婚姻的殿堂。横跨左右两页的插图描绘的就是使用幻灯机时的场景。大大的血手印映在白布上，五根手指的指纹清晰可见，有呈环状的、有呈马蹄形的。而且，这本书的封面，用了当时流行的西洋彩色石板印刷。只见桌子上放着一台幻灯机，旁边站着因束腰而显得臀部丰满的行长女儿，她一手拿着留着血手印的白纸，美艳动人。[1]

《幻灯》究竟是布莱克的原创呢，还是取材于当时英国的小说呢？现在因为没有任何证据，不好下结论。不过布莱克的讲谈中曾出现过英国流行作家玛丽·伊丽莎白·布拉顿女士的作品（黑岩泪香也曾翻译过），所以我推断应该是取材于英国小说吧！那么原作究竟是哪一部？在日本，要找出籍籍无名的作家的一部作品来，真是比登天还难。

关于《幻灯》的作者，正冈容曾给《宝石》（昭和二十二年一月号）写过一篇随笔，题为《英国人落语家布莱克的侦探小说》，文中说道："明治时期，能与大圆朝、初代燕枝相抗衡的是英国人落语家快乐亭布莱克，他擅

1　原文没有附图。

长讲述西方的人情故事[1]……布莱克于幕末随当记者的父亲来到日本，和父亲一起为《日新真事志》这份报纸做出了贡献。明治初年，因受自由民权演讲的鼓舞，他开始了演讲，然后是讲谈，最终成为三游派的一方重镇。大正癸亥年（1923 年）关东大地震前后去世。作为一名外国人，他在日本曲艺史上堪称大师，留下了不可磨灭的印迹，足以与魔术界的李彩、音曲界的琼佩尔相提并论。"在随笔中，正冈容还提到自己手头有五本布莱克的讲谈速记本，分别是《岩出银行血手印》《流晓》、《车中的毒针》《孤儿》和《草叶之露》，之前还拥有过《幻灯》，但在逃难过程中不慎遗失。正冈容并未注意到《幻灯》和《岩出银行血手印》的内容其实是一样的。下面我来整理一下这本书书名的流变。

＊ 明治二十五年（1892 年）6 月，讲谈落语杂志《东锦》第三期上全文刊登了英国人布莱克表演、石原明伦速记的《岩出银行血手印》。

＊ 明治二十五年（1892 年）12 月 8 日，改标题为

1　大圆朝：三游亭圆朝（1839—1900），本名出渊次郎吉，幕末明治时期落语先祖，著名落语家。艺名为"三游亭圆朝"，为了彰显其业绩，称"大圆朝"。初代燕枝：谈洲楼燕枝（1837—1900），本名长岛传次郎，著名落语家。

《幻灯》，改由今村次郎速记，由京桥木材本町的三友社出版。我手头拥有的便是这一版本三十二开精装本，彩色石版印刷，正文九十七页，和黑岩泪香的小开本作品的样式完全相同。

* 明治三十五年（1902 年），浅草的弘文馆再次把标题改回了《岩出银行血手印》，速记还是今村次郎。

此外，根据村上文库《明治文学书目》，布莱克的著作有以下这些：

* 明治十九年（1886 年），《草叶之露》，布拉顿女士原著，布莱克表演，市东谦吉速记，芳年作画，上下册合册出版，三十二开，两百三十四页。

* 明治二十四年（1891 年）9 月，侦探小说《蔷薇姑娘》，布莱克译述（原著不明），今村次郎速记，三友社出版，三十二开精装本，两百九十二页。

* 明治二十四年（1891 年）10 月，《流晓》，布莱克表演，今村次郎速记，三友社出版，三十二开精装本，两百六十一页。

* 明治二十四年（1891 年）10 月，侦探小说《车中的毒针》，布莱克表演，今村次郎速记，三友社出版，三十二开精装本，一百八十六页。

　　＊　明治二十五年（1892年），侦探小说《幻灯》，布莱克表演，今村次郎速记，九十七页。

　　＊　明治二十九年（1896年）7月，英国小说《孤儿》，金樱堂出版，菊型开本[1]，一百七十四页。

　　加上明治三十五年（1902年）的《岩出银行血手印》，共七本。或许还有遗漏的作品，不过根据我手头的资料来看只有这些了。我现在手上有《草叶之露》、《幻灯》和《车中的毒针》三本。

　　　　　　　（原刊于《宝石》昭和二十五年十二月）

1　菊型开本，指长二十厘米、宽十五厘米的开本。

第十五章

早期的法医学书籍和侦探小说

现如今的侦探小说是明治时期从西方传入日本的。在这之前，日本也并非没有类似于侦探小说的读物，《大冈政谈》等断案故事便属于这一类别。

最早印刷出版的是《棠阴比事物语》(庆安二年，1649 年)，用平假名翻译自中国宋朝的《棠阴比事》，不过原书的翻印本还要更早些。然后是儒医辻原元甫所著的《智慧鉴》(万治三年，1660 年)，该书内容大都取材于明朝的《智囊》，汇集了有关政治、军事以及其他百科知识和谋略的故事，其中第三卷《察智》讲的就是断案故事。

再下来就是西鹤的《本朝棠阴比事》（元禄二年，1689 年）了，书名虽然模仿《棠阴比事》，但内容并不完全取材于它。此外还有《日本桃阴比事》《镰仓比事》，龙泽马琴的《青砥藤纲模棱案》等。最早的还是包括西鹤著书在内的前三本。

中国古代也有很多断案集，除了前面提到的，还有《包公案》《狄公案》《施公案》《彭公案》《龙图公案》等，都称为《公案》。因为《公案》成书时期较晚，只对龙泽马琴的《青砥藤纲模棱案》有所影响。可以说日本的断案故事是从模仿宋朝的《棠阴比事》开始的。

那么，《棠阴比事》是否就是这类题材中最早的呢？其实还有更早的作品。《棠阴比事》的作者四明桂在序言中提到《洗冤录》和《折狱龟鉴》这两本书，说他就是模仿这两本。这两本书同样是宋朝的书，成书早于《棠阴比事》。[1]

1　《棠阴比事》为南宋桂万荣编撰的刑事案例集。桂万荣为浙江慈溪人，属四明桂氏。疑为乱步误将"四明桂"当作桂万荣的姓氏。桂万荣在《棠阴比事》的序言中提到的两本书为五代后晋和氏父子所撰《疑狱集》和南宋郑克所撰《折狱龟鉴》。而南宋宋慈所撰《洗冤录》成书于 1247 年，晚于《棠阴比事》（1211 年左右）。此处应为乱步误记。

不过《洗冤录》之类并不是娱乐性读物，而是法医书。书中系统地介绍了验尸的专业知识，包括刀伤死、殴打死、淹死、烧死、缢死、毒死、奸死（甚至包含鸡奸）等各种死因，同时还列举了一些实例。即使是早已化为白骨的尸体，也作了详细的分析和研究。在那个年代，能有如此翔实的法医书，真是令人吃惊。

而《棠阴比事》相对来说，就不会这么枯燥乏味，它写的主要是一些断案轶事。将相似的两桩案件组成一对，三卷中共收集了七十二组故事。"比事"的意思就是两桩案件的对照。按现代的说法，这一部掌篇小说¹集，就是睿智的法官的断案集。成书当时，与其说是娱乐大众的，倒不如说是法官的参考书。作者的意图也在于此，而法官、检察官似乎也把它作为手头的重要参考书。

《棠阴比事》是什么时候传入日本并开始广泛流传的呢？这一点我无从知晓。不过可以推断此书传入日本的时候，也曾是断案的参考书吧！庆安二年出版的这本用平假名写的书，当初的意义大概也在于其参考价值吧！

----

1 掌篇小说：类似于小小说和微型小说，这一体裁的产生与川端康成有着密不可分的关系。

《棠阴比事》中的七十二组案件，现在看来大部分没多大意思，当然其中也不乏令人叹为观止的故事。单论聪明才智的话，有不少精彩的例子，如《生母判决》等。而作为早期的法医书，我最感兴趣的是《张举猪灰》和《傅令鞭丝》这两篇。

《张举猪灰》讲的是妻子杀夫之后放火烧家，伪造丈夫死于火灾的故事。法官把两头猪牵上公堂，杀死一头，另一头则先让它活着，然后把它们扔到火中。然后去检查死猪的嘴巴，被杀死的那头猪嘴巴里没有灰，而被活活烧死的那头猪，因为它在火中呼吸，嘴巴里就有灰。实验之后，再检查被烧死的丈夫的嘴巴，并没有发现灰，据此判定妻子撒谎。

《傅令鞭丝》讲的是两位老婆婆之间的纠纷，一位是卖白糖的，一位是做钉子买卖的，她俩因为一捆丝的归属问题而闹上公堂。此案因没有实证，很难裁决。法官命人将一大捆丝线挂在墙上，用棒子使劲敲打它，只见丝线下面的地板上出现了如尘芥般的铁屑，看来这丝线曾长期存放于卖钉子的人家中，据此判定卖钉子的老婆婆胜诉。

用放大镜查看肉眼看不见的附着在衣服上的尘埃，可以判明此人的职业或最近去过的地方，这种微观鉴别法，是格罗斯和罗卡尔之后才有的。为了除尘，近年出现了真空吸尘器，可以用它吸走沾在衣服上的细微颗粒进行检查。古时候的方法都是脱下衣服，装在大纸袋中，然后用棒子敲打，再用放大镜查看留在纸袋中的尘埃。日本警视厅直到最近还一直沿用该方法。《傅令鞭丝》中争丝一案，原理上与微观鉴别法是一样的。在这么早的书里就能看到微观鉴别的萌芽，真是令人叹服。顺便提一下，该故事取材于南朝正史《南史本传》。

当我们追溯到《棠阴比事》时，便会发现法医学、断案故事和侦探小说的源头都是相同的，只不过形式有所不同而已。法医书、断案书更加实用，而侦探小说的娱乐性会更强一些。这样的形式或许是东洋特有的吧！在欧美并没有看到过。

（原刊于《自警》昭和二十六年九月）

第十六章

惊悚之说

回想当初喜欢上侦探小说，固然是被其作为说理性文学、解谜文学、魔术文学的魅力所吸引。然而与逻辑上的魅力并行不悖，时而甚或更胜一筹的则是侦探小说乃至犯罪文学中的惊悚元素，这也是其令人醉心的原因。我想绝非我一个人这么认为。喜爱说理性文学的心情和喜爱惊悚故事的心情，既有所不同，又是相通的。爱伦·坡就亲自验证了这一点。作为侦探小说的先驱者，毋庸置疑，他深爱着侦探小说，同时也爱着惊悚小说，也可以说是惊悚小说的鼻祖（把他称为惊悚小说作家或许很多人会有异议，但我所说的惊悚到底是什么，你们马上就会明白）。日本大多数侦探小说爱好者对惊悚的喜爱，不见得就会输给对说理的喜爱。比斯顿和勒维尔的作品毫无疑问是不同意义上的惊悚小说。世界上最喜欢这两位作家的国家，就是日本了。延原谦曾以书店的名义给比斯顿写过信，在回信中，比斯顿因异国他乡的知音而欣喜万分，同时他还在信中说，在自己的国家，作品的受欢迎程度远比不上在日本，单行本总共也就出了一两本而已。

我记得延原谦笑着说："如果邀请他来日本定居的话，想必会满口答应吧！"比斯顿就无须多说了，我们再看来看看勒维尔的受欢迎程度，就会马上明白日本的侦探小说迷们既爱说理性文学又爱惊悚小说。从这意义上来说，可以说是直接继承了先驱者爱伦·坡的衣钵了。

侦探小说作为说理的文学，惊悚并非其必要元素。理论上侦探小说可以完全没有惊悚元素，但这只是纸上空谈而已，现实中是不可能的。就连被称为说纯逻辑文学的爱伦·坡的《玛丽·罗杰疑案》也是迎合潮流的，如果除去与真实案件巧合的部分，毋庸置疑其魅力将大打折扣。也就是说取材于真实杀人案件而带来的惊悚性，占了作品一半的魅力。

道格拉斯·汤姆森的《侦探作家论》中有一章题为"惊悚小说"，他在文中以惯有的风格引用了大量的惊悚小说，其中就有荷马的《奥德赛》、莎士比亚的《麦克白》、爱伦·坡的《陷坑和钟摆》，狄更斯的《埃德温·德尔德》、柯林斯的《月亮宝石》，还有加波利奥和波阿戈贝的作品。华莱士、奥本海姆、勒·基乌、萨克斯·儒默的作品无疑是惊悚小说，而汤姆森认为最优秀的惊悚侦探小说作家是沃伦斯、梅森和弗伦奇。

按此标准的话，菲尔伯茨、本特利、麦克唐纳德等人的作品似乎也可算作惊悚小说。不过我总觉得不能把菲尔伯茨、梅森、本特利的作品称为惊悚小说。其范围就限于沃伦斯、勒·基乌、奥本海姆、萨克斯·儒默等人，没必要再扩大了。"惊悚小说"这个词并不总局限于汤姆森的定义。在俗语中，难免会伴有一些轻蔑的语气。"那是惊悚小说"，在这句话中我们很难感受到敬意。因此从用语上来说，将爱伦·坡和狄更斯的作品称为惊悚小说，总觉得不太合适。

汤姆森所举的实例中，有些作品虽不能称为惊悚小说，但也不能否定惊悚是小说的重要元素。不仅如此，甚至可以说伟大的文学作品几乎毫不例外地都具有惊悚的一面。（只不过惊悚也分为好几个档次，"惊悚小说"这一档正如"吓人"和"催泪"这类关键词所指示的那样，是比较低级庸俗的惊悚。）尤其在侦探小说中，是找不出绝对不存在惊悚元素的作品的。感觉汤姆森是把柯林斯、加波利奥、梅森等人归在浪漫主义作家里的。而在说理性小说中，惊悚意外地也是重要的元素之一。比如柯南·道尔的作品，既是解谜文学，同时又是惊悚文学，这无须多说，只要大家去看一看他的长篇或短篇，就能体会到惊悚元素在小说中是多么重要了。同时也会发现"谜题和惊悚，在作品中究竟哪个魅力更大呢"这个问题很难回答。在此仅举一例加以说明。他最受欢迎的作品《斑点带子》（该作品在 *Observer* 杂志的人气投票中位居榜首）中，惊悚元素无处不在：深夜密室中伏击恶魔时的恐怖氛围，诡异的口哨声，斑点蛇等，如果除去这些，那么作品还能剩下什么呢？

　　如果柯南·道尔还不足以说明问题的话，我们可以来看一下范·达因、埃勒里·奎因。《格林家杀人事件》中，有不断死人的老宅，深夜徘徊游荡的老妇，而真凶竟然是楚楚可怜的妙龄姑娘，除了这些恐怖元素之外，还加入汽车追逐的惊险场景。在《主教杀人事件》中，最恐怖的无疑就是童谣和凶杀案之间令人战栗的巧合。没有这些惊悚元素的话，作品将黯然失色。除了斩首、磔刑这些非常重口的刑罚之外，无须多说，奎因的每一部作品中都少不了重要的元素：惊悚。如果让读者选一部自己最喜爱的侦探小说，并说出它吸引人的魅力的话，魅力究竟是来自于解谜时的逻辑呢？还是来自谜题中的惊悚元素呢？大家不妨静下心来思考一下。结果或许会让人大吃一惊，因为大家发现，原来遭人蔑视的惊悚元素竟然是侦探小说魅力的主要来源。

　　杀人（或犯罪）并非侦探小说的必要条件，那么侦探小说家们像商量好了似的都写杀人事件，这是为什么呢？是为了追求惊悚。和犯罪一样，惊悚也并非侦探小说的必要条件。但是毋庸置疑，实际上侦探小说毫无例外地都把惊悚作为它本身的一个重要元素。

那么，惊悚到底是什么呢？坦白地说，大家只能给出模棱两可的答案。"惊悚"一词，自古以来就被诗人和作家频繁地使用，用法因人而异，各不相同，也无法统一。后来产生的 thriller 一词，正如英语词典中解释的那样，只是一个约定俗成的用法，在专业的文学辞典中是找不到的。但我想也不可太过自以为是，于是在写这篇文章之前，我查阅了牛津、韦伯、新世纪等大辞典，发现 thrill 一词作为及物动词时有以下意思。

①用像锥子一样的利器刺穿某物；②使某物或某人震颤；③产生刺穿般的感动，心情激动，体内产生疼痛般的喜悦、恐惧、悲伤等激烈的情感；④投掷标枪。

作为不及物动词时的意思，可以从及物动词中推导而出。作为名词只是词性发生改变而已。因此从根本上来说，它指的就是利器刺穿某物、使某物或某人震颤的具体动作，然后延伸出像③那样抽象的感情的意思来。简言之，thrill[1] 可以解释为苦乐兼具，尖锐的强烈的感动。

----

1 由于接下来文中的 thrill 具有不同层次的诸多意义，因此保留 thrill 一词，翻译为某特定的中文词汇。

　　不过这种尖锐的强烈的感动，可以分为很多个层次。算不算 thrill，得由当事人根据自己的情操和学识来进行判断。因此，thrill 的层次可以反映出当事人的智力水平。拥有几十万读者的娱乐杂志认定的 thrill 和狭小的知识分子圈子所认定的是不同的，他们以嘲笑的语气把娱乐杂志上的惊悚读物称为"惊悚小说"。但我们必须认识到他们所钟爱的 thrill 又会受到更高层次、更高标准的人群的蔑视。正所谓"天外有天，人外有人"嘛！

　　具体而言，令人产生快感的 thrill，比如过去的军国主义激情，人们去停车场迎接凯旋的军队，小学生们手持的国旗迎风飘扬，军乐雄壮激昂，队伍雄赳赳气昂昂，看到这些场景，不禁起一身鸡皮疙瘩，快感油然而生，甚至激动流泪。关于水户黄门和乃木将军的浪曲中，[1] 落难之人得救，坏人伏地俯首认罪的场面，也总会直击心扉，令人激动不已。很奇妙的是，当我们山呼万岁时，

---

[1]　水户黄门：本名德川光圀（1628—1701），是日本江户时代的大名，水户藩第二代藩主。确立朱子学在水户藩的主导地位。他和朱舜水倡导的水户学，在日本思想文化史上具有重要的地位。乃木将军：乃木希典 (1849—1912)，日本陆军大将，善写汉诗，持身严谨，对外侵略扩张政策的忠实推行者。浪曲：日本曲艺，一种说唱艺术，又叫浪花曲和难波曲。由一人说唱，用三味线伴奏。

也充满感动。热烈的爱情也能让人体会到这份战栗般的兴奋。不论是男女之间，还是父子之间，都能体验到无与伦比的喜极而泣的激动，这正是快感所带来的。再举其他的例子，如战斗中的 thrill，吼叫着向前冲的激情，战斗前的飒爽英姿。还有竞技运动，如刺激的拳击比赛。当在文学作品中将这些情感生动地表达出来时，读者自然就能领略到其中的激动了。

从 thrill 中感受到的痛苦，首先就是恐惧。（一提到 thrill，有人脑海中浮现出来的只有恐惧这一激烈的情感。不过正如词典中解释的那样，thrill 绝不仅限于恐惧。）有杀人、满身鲜血、碎尸万段、腰斩、磔刑、锯刑以及其他杀人手段和刑罚这类肉体相关的恐惧。有人体解剖、毒杀、疾病、手术等医疗相关的恐惧。有与全世界为敌、四处逃亡却无处藏身的难以忍受的恐惧。有从悬崖和高楼上坠落或是受到野兽和野人的威胁这类冒险带来的恐惧。此外还有对于不可知现象的恐惧，如妖怪、幽灵、灵魂、神罚、报应、灵异现象等。这种 thrill 经常出现在志怪小说、犯罪小说、冒险小说、侦探小说和怪谈当中。毫无疑问在侦探小说中也是极为常见的。

然后是因悲伤而产生的 thrill。这在侦探小说中很少见，常见于恋爱小说、家庭小说等所谓的"悲情小说"中。如破镜的悲愁（《不如归》等），贫穷病痛的悲苦（《笔屋幸兵卫》等），母子之间催人泪下的悲伤（《无血缘关系》）等，种类多样。此外还有愤怒至极时产生的 thrill，这在文学作品中很难找到合适的例子，不过在戏剧中，扮演欺负男主人公的恶霸、扮演欺凌儿媳妇的恶婆婆的演员，当他们的表演达到高潮时，会给观众带来 thrill，能够让姑娘们难过得泣不成声。有些观众则会愤怒不已，情难自控地朝舞台扔坐垫。

上面讲到的激情，与学识水平无关，也无关乎道德修养，只要是识字之人都能理解，它就是低水平、低门槛的 thrill。不过这原始的激情，有时候会因为出色的描写而显得不那么低级庸俗。其实并不需要多么高深的洞察力，只要能够生动地刻画出催泪和惊吓效果，就像喜剧表演里的"抖包袱"一样，那么这些含有 thrill 元素的作品就不是低级庸俗的"惊悚小说"。越是庸俗的作品，文中"心情激动""瑟瑟发抖""提心吊胆""战战兢兢""忐忑不安""直击心扉""毛骨悚然""大吃一惊""倒吸一口凉气""啊呀"等词也就用得越多。正因为这些词最直接地表现出了 thrill，所以出现在低级庸俗的读物中也就顺理成章了。(上面提到的各种 thrill 中，侦探小说中出现频率最高的是来自于恐惧的 thrill，其他的就不必多说了。不过要提醒一下读者，痛苦和快乐也是可以带来 thrill 的，因此下面要讲的高级 thrill，无须多说，也同样存在于喜悦、悲伤、愤怒等情绪之中。在此仅谈恐惧带来的 thrill，其他的暂且略过。)

但是，thrill 并不是只有上面提到的原始冲动，在它上面还有许多更高层次的 thrill。这些 thrill 要经过一段时间的沉淀才能体会得到，是需要一定智慧的，它们所带来的恐惧比原始冲动要更加复杂，更加深刻。

举一个我现在想到的极佳例子吧，想象一下这样的场景：你越挣扎越发感到恐惧，身体好像被控制了一样，一点一点地慢慢陷进无底的沼泽之中，身体强壮但怎么都无法挣脱的心情，表面看似坚固，下面却是无底深渊带来的异样的恐惧。随着时间的流逝，腰部陷进去了，然后是腹部、胸部、颈部、下巴、嘴巴、鼻子，然后只剩下挣扎着的手指，最终连手指都不见了。而沼泽的表面却像什么都没发生过一样，依旧一片浑浊。这过程比起任何妖魔鬼怪来，比起再残酷的拷问来，都要惊悚得多。

再想象一下其他的场景。旅行者丢失了指南针，走在阴天的沙漠里，看到的唯有沙子，头顶乌云密布，看不见太阳、月亮、星星，没有任何可以指示方向的参照物。只能盲目地朝着自己认定的方向前行，走着走着突然产生一个可怕的念头：左脚和右脚的步幅是一样的吗？不，不可能一样呀！那么如果右脚的步幅比左脚的长一分的话，十步就是一寸，百步就是一尺，走上千步万步百万步的话，就会出现意想不到的差别吧！也就是说他只是在沙漠里不停地绕着圈而已吧！事实上的确可能会出现这样的结果，但比起这个结果来，更为恐怖的是，他被这种想法所控制，陷入无尽的恐惧当中，进退两难。再来想象一下下葬之后活过来的景象。当你从埋在墓穴里的棺材中苏醒过来，不管如何声嘶力竭地呼喊求救，不管如何挣扎都无法爬出来，这是何等的恐惧啊！比起现实来，其实想象（即文学性的）更令人感到恐怖。

更加复杂一些的是因幻想和梦境而产生的 thrill。吸食鸦片者的梦境中会出现比实物大几十倍的风景和人物，令人不寒而栗。德·昆西的《一个英国鸦片服用者的自白》中便描写了这种深层次的 thrill。与此相关的还有可被称为"电影的恐怖"的 thrill。谷崎润一郎的《人面疽》便成功地描绘出这种 thrill。就像这样，thrill 从简单的情感到需要一定知识素养的体验，然后就进入了心理层面。

错觉、健忘、意识的盲区等与侦探小说都有着密不可分的关系，这无非是因为这些心理现象中包含着深层的 thrill。爱伦·坡的非侦探小说《斯芬克斯》讲的是将一只鬼脸天蛾[1]错认作一只可以翻山越岭的大怪兽，以此错觉带来的 thrill 作为主题。《陷坑和钟摆》讲有人被扔进漆黑的地下室，当他扶墙摸索行走时产生错觉，以为那里是有无数个拐角的无边无际的地方，其实那只是个方形的房间。意识的盲区也经常出现在侦探小说中，这里就不说了。

现代的英美长篇侦探小说八成都采用某种形式的"一人两角"的诡计。这很不正常，但与其说作家们缺乏创新，倒不如说这证明了"一人两角"具有令人感到

---

[1] 一种飞蛾，因胸部背面有鬼脸形斑纹而得名。在原文中叫 Sphinx。

恐惧的巨大魅力吧！这种恐惧与双重人格的传说也有关联，这类型的代表作品有史蒂文森的《化身博士》，这种 thrill 可以称为"化身博士型 thrill"。爱伦·坡的《威廉·威尔逊》和尤尔斯的《布拉格的大学生》中的"一人两角"诡计其实是双胞胎，我想这种 thrill 不妨就命名为"威廉·威尔逊型 thrill"。与自己一模一样的人，有可能躲在这世上的某个角落（也有可能就徘徊在自己身边）企图干坏事，这种恐惧真是无法忍受呀！在人群中或在毫无人影的深夜的十字街头，两人偶然相遇，光是想想就够恐怖的。存在两个自己的恐怖和镜子的恐怖是相关联的。镜子或影子，有时会带来强烈的恐惧感，这并非一般的情感，是比死亡、比妖怪带来的恐怖还要特殊，属于更高层次的 thrill。

　　不过它还有更高的层次。更加纯粹的心理上的、潜藏在心底的那种恐惧。我认为自古以来伟大的文学中的 thrill，大部分都是属于这一类的。它因读者的涵养和学识水平，有可能达到无限高深的境界。举一个无人不知的最具代表性的例子——爱伦·坡的《反常之魔》。不留下任何证据实现了"完美犯罪"的凶手，只要自己一直保持沉默便可保一生平安，但他无法忍受一直保持沉默。"可千万不能说出去呀！"越是这样压抑自己的情绪，就越不受自己的控制，仿佛喉咙深处有一台录音机，随时可能自动播放出那不能说的秘密。这是多么令人绝望的恐惧啊！身在人来人往的大路上，因恐惧而浑身战栗、失去理智的他，像用了扩音器一样，大声地坦白了自己的罪行，最终被巡警逮捕。

内容虽然不同，但陀思妥耶夫斯基的《罪与罚》中的 thrill 与此相似。拉斯柯尔尼科夫在犯下杀人罪之后不久，因无法控制想要看关于自己杀人事件的报道，便出门来到咖啡馆，点了一杯咖啡，然后借来报纸的合订本，心神恍惚地看完案件的相关报道。此时他发现自己的前面坐着一位可怕的人物——法院办事员扎梅托夫。扎梅托夫一直怀疑他就是真凶。两人打了招呼之后，扎梅托夫若无其事地问他："你这么专心，在看什么呢？"拉斯柯尔尼科夫回答说："你肯定很想知道吧！那就让我来告诉你。你看，我借来这一叠报纸，你猜我在看什么呢？"然后他把自己的脸凑近对方小声地挑衅道："就是那案，刚才我仔细翻阅的就是那老妇人被杀的案件。"敌对的两人，足足僵持了一分钟，目不转睛地盯着对方的眼睛，沉默不语。

后来当服务员过来买单时，拉斯柯尔尼科夫从口袋里抓出一沓钞票，一边向扎梅托夫示威，一边以颤抖的声音说："你看看，这有多少钱呢？二十五卢布，你猜从哪里来的呢？你一定知道的，不久之前我还是个身无分文的穷小子来着呢！"

陀思妥耶夫斯基的任何一部作品，都堪称心理 thrill 的宝库，几乎集合了世上所有的类型，像百科全书一样网罗所有的种类。

将陀思妥耶夫斯基称为 thrill 作家，或许会受到大部分人的责骂，但不妨试着从这个角度去解读一下他的作品，任何一部都可以，各位一定会发现那作品就是 thrill 的宝库。只有他的作品我才会反复阅读。我敢大胆地断言，之所以不会感到腻烦是因为作品中充满着我非常喜欢的 thrill 的魅力。

第一次接触到《卡拉马佐夫兄弟》的读者，一般都不怎么喜欢这部作品。其实在佐西马长老的人生中也充满独特的 thrill，当然并不全是恐怖的 thrill，除了地狱般的 thrill，也有天堂般的 thrill。这么说可能有点奇怪，陀思妥耶夫斯基既是"thrill 的恶魔"，又是"thrill 的神"。

如果要从佐西马的人生中，挑出一个片段作为例子来说明我最喜欢的 thrill 的话，我会选择年轻时的佐西马因爱情与人决斗的场景。当时任凭对方开枪，直到决斗结束他一枪未发。佐西马长老就是这么高尚，因此他在社会上有了点小名望，许多人开始接近他。其中有一位五十岁左右的绅士，既有地位又有钱。他几乎每天都来拜访青年佐西马，向他坦白自己曾因恋爱纠纷杀过人，并约定要向社会公布自己过去的罪行。因为佐西马在决斗中表现出来的高尚，他决定向佐西马学习，坦白自己的罪行。

但最终他都没有向社会坦白自己的罪行，只是每天都来拜访佐西马。"说出来的那瞬间，应该很美好，一定会宛如置身于天堂吧！"他说道。不过到了第二天，他依旧脸色苍白，犹豫不决。"您看我的神情，似乎在问你怎么还不坦白呀！请您再等等，这并不如您想象的那样轻松，或许我不会坦白，那么您会去告发我吗？""我刚从我妻子那里过来。妻子、孩子，究竟意味着什么，您根本就不明白。如果大家肯放过我妻儿，那么我情愿一生受苦。让妻儿和我一起坠入痛苦的深渊，这难道是正确的吗？"从他发干的双唇之间说出的话语宛如哀叹。佐西马鼓励他说："你应该坦白。"

最后他留下一句："好吧！我去坦白，我再也不来找您了。"说完便夺门而去。但是过了不久，好像是忘了东西似的，他又返回来了。他面对佐西马而坐，目不转睛地盯着佐西马，足足有两分钟之久。然后突然露出微笑，这让佐西马大吃一惊。只见他站了起来，亲了亲佐西马，这下看来是真的要走了。在离别之际，他留下了一句很奇怪的话："请记得我曾经返回来找过您。嗯嗯，就这样吧！"

第二天，他把大家召集到家里，坦白了自己的罪行。就在人们和法院对他坦白的罪行仍将信将疑之时，他因病去世了。佐西马前去探病时，病床上的他低声说道："您还记得我曾经返回去找您的事吗？我说过请您一定要记得。您认为我返回去做什么呢？那时我是想返回去杀您的！"

我这么写，估计你们感受不到其中的气氛和味道。

只能请你们自己去看一下那章节了。我无比喜欢这种 thrill。说到陀思妥耶夫斯基的 thrill，首先浮现出来的便是这一场景。thrill 如同鱼鳞，一层覆盖着一层，在其中心如宝石般熠熠闪光的便是这个，堪称 thrill 之王。

一旦开始讲陀思妥耶夫斯基的 thrill，便一发不可收拾，立即出现在脑海中的场景就达五六处之多。杀人犯拉斯柯尔尼科夫在人潮涌动的马路上，突然跪下来亲吻大地，虽然不恐怖，但那是一种强烈的 thrill。《永远的丈夫》中的主人公与凶手同处一室，经历着多种不同的 thrill。《卡拉马佐夫兄弟》中的德米特里，受辱地从未婚妻那里收下三千卢布之后，假装把所有的钱都花在其他女人身上，实际上他藏起来一半——一千五百卢布，缝在自己的衣服里。他所受到的耻辱，比杀人、盗窃都要多，最终他迎来袒露心声的时刻，那场景的描写中包含着深层次的心理恐惧，我觉得那也是一种 thrill。

提到别的作家，我认为安德烈耶夫的处女作是很典型的例子。我记得是上田敏博士翻译的。大约二十年前，我首次读的是发表在《斯特兰德杂志》上的英译本，直到如今，我仍难以忘怀。故事梗概如下：因为爱情的纠葛，男主人公杀死了女人和她的情人，为了逃脱罪罚，他佯装成疯子。他的目的达到了，被关进精神病院。他本来只是想装成疯子而已，但事实并不如他所愿，他一直担心自己有一天会不会真的疯了。这一可怕的念头一直控制着他的大脑，为此他痛苦不堪。当他意识到自己的错误的那一瞬间，固然会感到 thrill，但比起这一点，最让我难以忘记的是成为他杀人动机的那一幕场景。月台上，火车即将开出，大时钟显示着几点几分，他下定决心要向她告白，一边紧张得流着冷汗一边告白，结果女人竟然笑了，笑个不停。此时的他脸色发青，感觉受到深深的侮辱。那么当时的他怎么做呢？一怒之下离开了吗？含泪低头了吗？不不，他也笑了。这笑真是一辈子都不会忘记的笑。正是他自己的这一笑，让他犯下了杀人罪。这笑对主人公而言太过残酷，我却从中感受到了无上的 thrill。这种 thrill，不一定是恐怖的，但它给人的感觉就是当头被浇了一盆凉水，又像是悸动的变调。这种独特的 thrill 体验，其性质与妖怪所带来的恐惧是完全相同的。

这些 thrill，对于感受性高于我或低于我的人来说，

就有可能不是 thrill 了。可以说 thrill 完全是由当事人的
感知来决定的。我连很小的蜘蛛也会害怕，而对大多数
人而言，蜘蛛根本就不可怕。当看到凹面镜中的成像时，
发现自己竟然变得那么庞大，我惊讶不已，甚至为此感
到害怕而瑟瑟发抖，但对大多数人而言，凹面镜无非就
是好玩的玩具罢了。这只是很具体的一个例子，还有更
加抽象一些的，如心理上的恐惧，由于它因人而异，要
客观地界定 thrill 的范围是非常困难的。我一直在反复
强调，thrill 是有不同层次的，虽然我们蔑视低层次的，
但用同一个标准去衡量高层次的 thrill 也是错误的。

关于 thrill，还有许多想要说的，但思路仍未理清，
无法有条理地进行阐述，暂且就写到这儿吧！不过或许
有人会质疑，thrill 是什么，大家早就一清二楚了，为
何如今还要大费周章来谈论呢？下面我说一下理由。

年轻的各位读者其实不完全了解 thrill，只是从
thriller 这一带有轻蔑性语气的词联想开去，认定 thrill
就是俗不可耐的东西。这是理由之一，因为我经常在年
轻人的评论中看到他们只把 thrill 一词用于低级庸俗的
意义上。

另外一个理由是出于对范·达因之流的不满。他流露出侦探小说除了解谜之外，其他的文学元素都应该避开的想法。如果按照他的论调，那么thrill也是应该避开的元素之一。这种想法，的确很纯粹，讨论起来也会简单明了。按照这一法则，那么侦探小说最好也只有一种类型。但如果以此来约束所有的侦探小说的话，侦探小说的路只会"越走越窄"。

避开thrill的论调，范·达因就不用说了，其实在我们的身边也是屡见不鲜的。举一个最近的例子，上个月《新青年》上的"缩印图书馆"专栏文章的开头引用了泽鲁鲁德女士侦探小说论的译文。

诚然，惊悚小说自有它存在的社会背景，但我们侦探小说迷却不买账，我们不追求杀人事件带来的thrill，也不追求犯罪带来的刺激。犯罪只是提供了一个需要解决的案件，破案才是最重要的。

这段文章只是在谈论惊悚小说，或许并没有涉及我所讲的高级thrill。尽管如此，把thrill排除在侦探小说之外的洁癖，只会导致侦探小说的路越走越窄。与其这么想，不如把侦探小说中的逻辑和犯罪文学中的心理有机地结合在一起，充分发挥两者的魅力，侦探小说的未来就在于此吧！就算他们这么狭隘，其实根本就不存在完全没有 thrill 元素的侦探小说。如果不需要"犯罪"带来的 thrill，那么只要去写完全没有犯罪行为的解谜小说就行了。不管是怎样的纯粹论者，他都无法彻底地避开"犯罪"吧！也就是说，这可以证明世上的侦探小说从根本上来说与 thrill 就是密不可分的。

（原刊于 *Profile* 昭和十年 12 月号）[1]

1　二战后，心理惊悚小说兴起，被认为比解谜、推理的侦探小说更加高级。战前提到的惊悚小说，就是低级侦探小说的代名词，我是针对战前这一情况而写的。——作者注

附　录

《诡计分类大全》目录[1]

【第一】与犯人（或被害人）相关的诡计

（A）一人两角（130）

① 犯人伪装成被害人（47）
② 同谋伪装成被害人（4）
③ 犯人伪装成被害人之一（6）
④ 犯人和被害人就是同一个人（9）
⑤ 犯人伪装成想要嫁祸的第三人（20）

1　各类别后面的数字是作品例子的数量。共计 821 例，相除一下就能得知该类别所占的比例。——作者注

⑥ 犯人伪装成虚构的人物（18）

⑦ 替身——两人一角、双胞胎伎俩

⑧ 一人三角、三人一角、两人四角（7）

（B）一人两角以外的意外犯人（75）

① 侦探是犯人（13）

② 法官、警官或狱警是犯人（16）

③ 案件发现者是犯人（3）

④ 案件讲述者是犯人（7）

⑤ 幼儿或老人是犯人（12）

⑥ 残疾人或病人是犯人（7）

⑦ 尸体是犯人（1）

⑧ 人偶是犯人（1）

⑨ 意外的多人共谋（2）

⑩ 动物是犯人（13）

（C）犯人让自己消失（除了一人两角）（14）

① 假装被烧死

② 其他假死

③ 改变容貌

④ 消失

（D）奇怪的被害人（6）

【第二】与犯人出入现场的痕迹相关的诡计（106）

（A）密室（83）

① 行凶时犯人不在室内（39）

　　（a）室内的机械式机关（12）

　　（b）通过窗户或缝隙从室外杀人（13）

　　（c）密室内被害人自己死亡（3）

　　（d）密室内伪装成他杀的自杀（3）

　　（e）密室内伪装成自杀的他杀（2）

　　（f）密室内犯人为非人类（6）

② 行凶时犯人在室内（37）

　　（a）门上的机关（17）

　　（b）案发时间延后（15）

　　（c）案发时间提前——密室内迅速杀人（2）

　　（d）藏在门后的简单方法（1）

　　（e）列车密室（2）

③ 行凶时被害人不在室内（4）

④ 密室逃脱（3）

（B）脚印（18）

（C）指纹（5）

【第三】与作案时间相关的诡计（39）

（A）利用交通工具（9）

（B）利用钟表（8）

（C）利用声音（19）

（D）利用天气、季节及其他的自然现象（3）

【第四】与凶器和毒药相关的诡计（96）

（A）凶器（58）

① 特殊的利刃（10）
② 特殊的子弹（12）
③ 用电杀人（6）
④ 殴打杀人（10）
⑤ 压死（3）
⑥ 绞杀（3）
⑦ 摔死（5）
⑧ 溺死（2）
⑨ 利用动物杀人（5）
⑩ 其他奇怪的凶器（2）

（B）毒药（38）

① 口服毒药（15）
② 注射毒药（16）
③ 吸入毒药（7）

【第五】人及物的隐藏方法（141）

（A）藏尸（83）

① 暂时隐藏（19）
② 永久隐藏（30）
③ 移动尸体以掩藏线索（20）
④ 无脸尸体（14）

（B）活人的隐藏方法（12）

（C）物的隐藏方法（35）

① 宝石（11）
② 金币、金块、纸币（5）
③ 文件（10）
④ 其他（9）

（D）尸体及物的替换（11）

【第六】其他各种诡计（93）

① 镜子（10）
② 视觉错觉（9）
③ 距离的错觉（1）
④ 追捕和被追捕的错觉（1）
⑤ 迅速杀人（6）
⑥ 人群中杀人（3）

⑦ "红发会"诡计（6）

⑧ "两个房间"诡计（5）

⑨ 或然率犯罪（6）

⑩ 利用职业之便杀人（1）

⑪ 正当防卫（1）

⑫ 一事不再审（5）

⑬ 犯人自己从远处目击到犯罪（2）

⑭ 利用童谣杀人（6）

⑮ 剧本杀人（6）

⑯ 来自死者的信件（3）

⑰ 迷宫（4）

⑱ 催眠术（5）

⑲ 梦游病（4）

⑳ 失忆症（6）

㉑ 奇特的赃物（2）

㉒ 交换杀人（1）

【第七】暗号（小说37例）

（A）符板法

（B）图形法（4）

（C）寓意法（11）

（D）置换法（3）

① 普通置换法（1）

② 混合置换法
③ 插入法（2）
④ 窗板法

（E）替代法（10）

① 简单替代法（7）
② 复杂替代法（3）
　　（a）平方表式暗号法（1）
　　（b）计算尺暗号法（1）
　　（c）圆盘暗号法（1）
　　（d）自动计算机械暗号

（F）媒介法（9）

【第八】特殊的动机（39）

（A）感情的犯罪（20）

① 恋爱（1）
② 复仇（3）
③ 优越感（3）
④ 自卑感（4）
⑤ 逃避（5）
⑥ 其他犯罪（4）

（B）利欲的犯罪（7）

① 遗产继承问题（1）
② 逃税（1）
③ 自卫（3）
④ 保密（2）

（C）异常心理的犯罪（5）

① 杀人狂（2）
② 杀人作为艺术（2）
③ 恋父情结（1）

（D）出于信念的犯罪（7）

① 宗教的信念（1）
② 思想上的信念（2）
③ 政治上的信念（1）
④ 迷信（3）

【第九】发现作案方法的线索（45）

（A）发现物质线索的智慧（17）

（B）发现心理线索的智慧（28）

译后记

一、江户川乱步和《侦探小说之"谜"》

近日在网上查阅与日本推理小说相关的文献资料时，发现了一些颇有意思的数据，是关于国内大学生的阅读取向的，也关于东野圭吾，先来看一下具体的数据吧。

根据厦门大学图书馆 2016 年的年度阅读账单，人文类借阅量中排名第二的是东野圭吾的《新参者》，热门书预约第二名为东野圭吾的《白夜行》(预约次数122 次)；而到了 2017 年，位居人文类借阅量榜首的是《彷徨之刃》，作者依然是东野圭吾。2019 年人民日报微博从北京大学、清华大学、复旦大学、浙江大学、南京大学、中国人民大学、武汉大学、中山大学等高校图书馆借阅排行榜中，精选出 40 本好书加以推荐。书单中就有东野圭吾的《白夜行》和《解忧杂货店》两本，与《平凡的世界》《万历十五年》《红楼梦》《围城》《资本论》《时间简史》《百年孤独》《小王子》《射雕英雄传》等中外名著平起平坐，是除金庸、马尔克斯之外，同时有两本书上榜的作家。网上类似的统计数据还有很多，由于篇幅所限，不再罗列。

　　且不论以上数据是否确实、是否具有代表性，不过管中窥豹，可见一斑，日本作家中，除村上春树之外，在国内大学生中最受欢迎的当属东野圭吾。东野圭吾的推理小说热的背后，反映出日本推理小说近十年在国内的流行。大约从十年前开始，在新星出版社、吉林出版集团的引领下，策划出版了众多日本的推理作品，除之前已经介绍到国内的江户川乱步、横沟正史、松本清张、森村诚一、夏树静子等，陆续推出一些更早时期、比较冷门小众的日本推理作家，如大阪圭吉、海野十三、久

生十兰、山本禾太郎、甲贺三郎、坂口安吾、梦野久作、
小栗虫太郎、浜尾四郎、小酒井不木；同时大量引进当
下的热门作家，如岛田庄司、宫部美雪、京极夏彦、有
栖川有栖、绫辻行人、麻耶雄嵩、三津田信三、二阶
堂黎人、山口雅也、道尾秀介、伊坂幸太郎、凑佳苗、
东野圭吾。

其实，当我们谈论日本的推理小说时，无一例外地
都会指向一个人——江户川乱步。作为"日本推理小说
之父"，江户川乱步对于日本推理小说的发展有里程碑
式的贡献，其在推理界和读者当中的地位已有定论。在
此借用新星出版社前编辑褚盟在《谋杀的魅影——世界
推理小说简史》中的评价作一简要的概括。

江户川乱步是奠基人，是精神领袖和中流砥柱。
没有江户川乱步，不可能有今日"百家争鸣"的局面。
无论本格派与变格派，无论社会派与新本格派，皆源
于乱步；无论横沟正史与松本清张，无论岛田庄司与
东野圭吾，皆师从乱步。

具体而言，其对日本推理文学的贡献如下：其一，江户川乱步全身心地投入推理小说的钻研和创作，结束了日本推理小说史上混沌的局面。1923 年，随着《两分铜币》在《新青年》杂志上的发表，日本的推理小说终于走上正轨，江户川乱步也奠定了自己一代宗师的地位。其二，江户川乱步致力于普及推理文化，创作少年题材的推理小说，先后发表《怪人二十面相》和《少年侦探团》两部长篇小说，书中的人物形象深入人心，成为国民偶像，极大地普及和推广了推理文化。其三，除作品之外，还组织成立社团和设立文学奖项推动推理小说在日本的发展。如"日本推理作家协会"，该社团时至今日依然是日本最权威的推理文化机构，每年颁发的"日本推理作家协会奖"被誉为"推理界的奥斯卡"。如"江户川乱步奖"，鼓励新人进行创作，东野圭吾也曾获得该奖。其四，积极参与推理的理论研究。[1]

谈到江户川乱步的推理小说时，《两分铜币》《D 坂杀人事件》《人间椅子》《阴兽》《屋脊里的散步者》《白

1　褚盟：《谋杀的魅影——世界推理小说简史》，古吴轩出版社 2011 年版。该处归纳自"宗师乱步"一节。

发鬼》《黄金面具》《妖虫》《地狱中的魔术师》《怪人二十面相》《少年侦探团》等作品就会脱口而出，如数家珍。不论是以解谜为核心的本格推理作品，还是幻想性的、猎奇性的广义上的推理作品，都为人津津乐道。谈到他在推理理论方面的研究，大家就知之甚少。正如上面归纳的那样，他积极参与推理的理论研究，出版了诸多相关著作。根据《侦探小说之"谜"》一书的附录《江户川乱步随笔评论集目录》，有以下著作，抄录如下：

* 《恶人志愿》，1929 年，博文馆

* 《鬼之语言》，1936 年，春秋社

* 《幻影城主》，1947 年，京都海鸥书房

* 《随笔侦探小说》，1947 年，清流社

* 《幻影城》，1951 年，岩谷书店

* 《续幻影城》，1954 年，早川书房

* 《侦探小说三十年》，1954 年，岩谷书店

由此可见，江户川乱步不仅仅是推理小说的书写者，也是不折不扣的推理理论的研究者。《侦探小说之"谜"》作为他后期的理论性著作，归纳整理了东西方推理小说中使用的诸多诡计，既是推理作家创作时不可或缺的案

头工具书，也是读者阅读推理作品时难得的指南书。关于本书的来历和具体的内容，开篇中有详细的说明和介绍，在此不复赘言，请读者自行参阅前文。

近年来，国内出版社相继翻译出版江户川乱步的诸多作品，不过绝大部分是小说，只有极少一部分涉及他在推理理论方面的研究。本人研究方向是日本近现代文学中的通俗文学，关注日本的推理小说和江户川乱步已有些时日，基于研究江户川乱步时的完整性和研究日本推理小说时的必要性，选择本书进行翻译，介绍给更多的推理小说爱好者和研究者。

二、翻译随感

（一）翻译与再写作

"翻译文学作品时，阅读原文之后，轻轻闭上眼睛，脑海中便会浮现出具体的画面来。接下来要做的便是将这些栩栩如生的画面和场景用自己的话语、文字组织出来。"记得不止一次，不止一个场合，我曾这样描述过自己对文学翻译的认知。印象最深的是参加一次入学面试，面对翻译界的一位前辈的提问，就翻译作了以上描述。结果可想而知，受到严厉的批评，当时的我涨红脸，口头上没做任何的反驳，而内心其实是不服的。现在在翻译课上，对着学生，总还是这般描述着我对文学翻译的感受，或者说是一种方法也无妨。文学翻译的过程，历来就有着"再写作"的说法，那么如何写作呢？当年的我年轻气盛，缺乏经验，那脱口而出的感想无疑是稚嫩的，不过我想那时的我至少是诚实的，是有感而发的，是那个阶段对翻译的切实的领悟，绝不是天马行空的。当然，前辈的教诲和苦心我是懂的，翻译毕竟不等同完全意义上的"再写作"，所以当初所受的批评早已化为内在的动力，在翻译的道路上精益求精，学会包容，接受多元化。

（二）翻译是戴着镣铐跳舞

美国文艺评论家佩里在谈及诗歌的创作时，曾说道："诗歌是带戴着镣铐跳舞。"这里的"镣铐"指的是诗歌中的格律。至于翻译，也有不少人说是戴着镣铐跳舞，这里的"镣铐"指的是原文的格式或内容。处理源语与目的语的关系，一直以来是翻译实践中的最大问题，这两者就如跷跷板的两端，如何平衡，如何拿捏，从来不是一两句话、一个原则就可以讲清楚、说明白的。"镣铐"和"跳舞"是翻译的如实状态的呈现，既然去除"镣铐"如此不现实，专注于"漂亮地跳舞"便是当下可以着力的环节。磨炼技巧，积累经验等内功的修炼，切磋交流等外功的精进，内外兼修才是"漂亮地跳舞"的不二秘诀。学生总会问"翻译水平如何提高"？我的回答总是那么俗套，那么了无新意。一，提高外语水平，力求更好地理解源语；二，多阅读目的语（母语）美文，提高母语表达水平；三，多多练习，多多与人交流切磋。此外不知还有哪些切实可行的方法呢？在遇到瓶颈时该如何突破，这也是我自己的困惑。定在瓶颈或困惑里，修炼内功，期待突破或质的飞跃？还是向外求于术，以某种方法来解决它？翻译这门学问，如同求道，"路漫漫其修远兮，吾将上下而求索"，即使囿于源语，即使戴着镣铐，也要跳出漂亮的舞蹈来。

（三）翻译的态度

记得大三学习翻译时，期末考试有一道论述题，要求论述"对翻译而言，最重要的是什么"。当时同学们纷纷从技巧层面进行阐述，当课程结束后，老师语重心长地对我们说："和做其他事情一样，翻译最重要的是译者的态度。"这句话至今印象深刻。没错，是态度。态度会决定关系，会决定结果。那么问题随之而来，翻译该有的态度是怎样的？有人说"认真""一丝不苟""精益求精"……毋庸置疑，这些都是对的，不过我觉得这些都有点隔靴搔痒。我认为翻译该有的态度是"热爱"，而不是"任务""指标""业绩"这些追求。前者带来的是愉悦和欣喜，后者即使绩效优良，过程难免伴随痛苦和忍受。近来英语系一位同事耗时十五年，潜心翻译某位诗人的大作，字斟句酌，终于因缘际会，得以出版。如果没有对作品或翻译的"热爱"，断然坚持不了这么久。如果没有"热爱"，估计早就因催命般的"绩效"而半途而废了吧！这便是翻译的态度，是对翻译的"热爱"。平日里我也断断续续地翻译着一些毫无功利性的文字，是因为喜欢，因为热爱。隔些时日再拿出来看看，再斟酌推敲一番，这种与翻译之间的关系没有任何隔阂，是愉悦，是享受，没有焦虑，没有痛苦。"且去浅斟低唱，何要浮名"，潜下去，静下来，享受它。是近阶段翻译给我最大的启示和感悟。

（四）翻译的风格

大约从十年多以前开始，围绕村上春树作品的翻译风格问题出现一些论争，很多学者也就该问题进行研究和探讨。之前读了很多论文，看了很多观点，其实始终不得要领，除了自己悟性不高和知识浅薄之外，客观来说，最大的问题在于"风格到底是什么"这一点上。所以当责任编辑告诉我翻译风格时，我自己都吃了一惊："我有翻译风格吗？"这才好好地沉下心来，开始思索这个问题。不过即便如此，我还是说不清楚自己的翻译风格到底是什么。或许很多东西我们自己是看不清的，只有借助他者才能认识自己。

思考翻译风格的确是很玄的东西，如果换成目的语的选择的问题，便有的放矢些了。目的语的选择，会受到以下一些因素的影响。

其一，译者对翻译本身的理解在很大程度上影响着目的语的选择。在源语和目的语之间，重心摆放在何处，这会从整体上影响翻译方法是在多大程度上向直译或意译倾斜，语言和文字呈现出来的特征也会大相径庭。日本文学研究会前会长高慧勤曾就译者的责任做过如下论述：

作为一名译者，无论对作者还是读者都有一份沉甸甸的责任，在维护民族语言的纯粹性方面，翻译家有着义不容辞的责任。

是的，在不同时期，译者所肩负的责任有所不同，比如说清末民初，译者主要肩负的责任是启蒙国人，开发民智，普及知识。将林纾放到那个时代背景下，他所做的翻译，即便是翻案，也相当有意义，而不能用现在的标准来评判好坏。当下，我们译者肩负的责任是什么，目的又是什么，这值得我们深思。在西方审美观、价值观、评判标准大行其道时，在语言文字方面，我们该做的是什么？翻译本书时，在语言文字的选择、序号安排等一些细节方面作出了倾向于民族语言的选择。合适与否，本人无法判断，不过至少是一次尝试。

其二，读者对象不同，翻译时选用的目的语就会有所不同。试想一下，同样的一部文学作品，当阅读对象分别是儿童、普通读者和研究者时，翻译就需要注意目的语的选择。江户川乱步的作品译介到国内时，也曾有过儿童删节改写版。其实在当前的翻译中，有一类翻译很特殊，就是用于学习的中外文对照翻译。这类翻译，由于设定的读者是外语学习者或翻译研究者，其要求的不仅仅是语言文字等内容，有时候还会要求体现出语法、句型等形式上的东西。当年的硕士论文研究的是翻译的目的论（skopos theory），放在此处用来思考目的语的选择是有一定合理性的。目的不同，所选用的翻译策略、方法、目的语的选择都会有所不同。

其三，译者个人的语言功底和素养会在很大程度上影响目的语的选择。自幼读过的文字、平素打下的语言功底、平时养成的表达习惯，日积月累，这些潜移默化的影响不着痕迹地遍布于译文当中，形成所谓的翻译风格或译者风格。这道理显而易见，不再多言。

（五）翻译中的注释

一直觉得注释是翻译中很重要的一环，它有时如明灯，令人豁然开朗；有时如拐杖，助读者自由行走在句子之间；有时如鲜花，让文章生机蓬勃。译者注，不论是文中注，脚下注还是文末注，都不是累赘，而是灵动的沟通工具，都是为了便于阅读，便于理解而存在。翻译本书时，在责编的建议下，按照中文出版的规定、阅读的习惯以及文化上的一些差异进行了注解，希望有助于大家的阅读。具体可参见正文。

三、感谢

本书翻译自定题开始，为期整整一年，其中有集中攻关，有停滞不前，有推敲挣扎……现在回想起来，以上种种莫不是独一无二的体验，只属于自己的独一份，可以推及人生。在此过程中，得到很多人的帮助和支持，谨此表达衷心的谢意。

感谢家人们默默的无私的支持。感谢妻子在繁忙的工作之余，主动分担家务，照顾儿子；感谢尚处懵懂期的儿子，乖乖地陪着老父亲伏案，默默地承受着老父亲的无言。

感谢同事们热情的帮助。感谢高镝老师，为我联系出版社和编辑，在遇到困惑时给予真诚的宽慰和热情的帮助。感谢黄若泽老师，在我遇到难解的专有名词时，为我小心求证，解开难题。

感谢厦门大学出版社的编辑和编审们认真负责的态

度和工作热情。感谢王依民老师的绍介；感谢王鹭鹏编辑，自翻译启动之后，一直温柔以待，认真改稿，不断地提出中肯和专业的意见。在我遇到困难时，与我谈心，给我棒喝，给予我信心，鼓励我前行。尤其是在定稿阶段我身抱微恙，他更是给了我莫大的精神上的慰藉。

感谢厦门大学外文学院的关心和支持。这是我学习、工作的地方，我深深地爱着她。

感谢厦门大学给予我科研工作上的大力资助。本书是厦门大学"中央高校基本科研业务费"0650-zk1063课题的成果之一。

各种杂糅的感想拼凑而成，却是随心的，是为译后记。

钱剑锋

于厦门大学南光三 421

二〇一九年十二月